阅读即行动

我该如何写作
Entre l'écriture

[法] 埃莱娜·西苏 著

焦君怡 译

图书在版编目(CIP)数据

我该如何写作 / (法) 埃莱娜·西苏著；焦君怡译.
北京：北京联合出版公司, 2025.8(2025.9重印). ─
ISBN 978-7-5596-8329-8

Ⅰ. I0

中国国家版本馆 CIP 数据核字第 20254AX479 号

Originally published in France as:
Entre l'écriture by Hélène Cixous
© Des femmes-Antoinette Fouque 1986
Current Chinese translation rights arranged through Divas International, Paris
巴黎迪法国际版权代理(www.divas-books.com)

北京市版权局著作权合同登记　图字：01-2025-0590

我该如何写作

作　　者：	[法] 埃莱娜·西苏
译　　者：	焦君怡
出 品 人：	赵红仕
出版统筹：	杨全强　杨芳州
责任编辑：	管　文
特约编辑：	金子淇
装帧设计：	刘芊伶　刘芊俐 @out.o studio

北京联合出版公司出版
(北京市西城区德外大街83号楼9层　100088)
北京联合天畅文化传播公司发行
北京启航东方印刷有限公司印刷　新华书店经销
字数 110 千字　889 毫米×1194 毫米　1/32　8.375 印张
2025 年 8 月第 1 版　2025 年 9 月第 2 次印刷
ISBN 978-7-5596-8329-8
定价：48.00 元

版权所有，侵权必究
未经书面许可，不得以任何方式转载、复制、翻印本书部分或全部内容。
本书若有质量问题，请与本公司图书销售中心联系调换。电话：010-64258472-800

目录

投身写作(1976) — 1

对乔伊斯的《芬尼根的守灵夜》的两篇解读 — 85
性别过错:我在哪里享欲?(1976) — 89
享乐的约束/原则或迷失的悖论(1983) — 123

克拉丽丝·李斯佩克朵的方法(1979) — 145

坦克雷德在继续(1983) — 179

最后的画作或上帝的肖像(1983) — 217

投身写作(1976)

起初，我曾爱过。我爱的是生而为人的感觉。不是人的集合，不是作为整体的人，不是被赋予了名字、被划定范围的人。而是一些征象。一些使我震撼、将我点燃，让我感受到自身存在的很多个瞬间。这些闪亮的瞬间向我扑面而来：看呀！我周身燃起了火。而后，征象退去。消失。与此同时，我已燃烧、耗尽了自己。在我身上发生的一切，如此强烈，从一具人类身体当中释放出的，是**美**①：那是一张脸，上面镌刻着、留存着所有的奥秘。站在它的面前，我感受到另一个世界，我无法进入的世界，那里漫无边

---

① 原文中首字母大写的词语，译文采取了加粗的格式；原文中用斜体突出的词语，译文以楷体标识。文中注释若无特别说明，均为译者添加。

际。它的目光压迫着我,禁止我进入。我留在外面,如动物一般四处窥视。升腾的欲望在寻找它的归宿。我便是这种欲望。我便是问题本身。所谓问题的奇特命运在于:寻找、探索到答案,将使它平息、消弭。相反,赋予它生机,使它获得提升,使它始终得以存在的是感受到答案如此迫近,又如此遥远,在世界的某个地方。一旦穿过那扇门,就会看到一副面孔,它承诺给予答案,为了寻找这个答案,人们继续前行,不眠不休,出于爱,我们不允许自己放弃,不允许自己随波逐流,不允许自己死去。然而,一旦问题遇到了它的答案,那将会发生怎样的不幸呀!那意味着一切的终结!

我爱过这张脸,这抹微笑。这副面孔占据了我的白天和夜晚。它的微笑使我敬畏,使我心醉。乃至恐惧。伴随着它的震颤,世界被建造、被照亮、被毁灭。这不是一种隐喻。面孔、空间、结构。在孕育着我、承载着我生命的地方,我见过这张脸,我曾阅读过、注视过它,并迷失其中。这张脸有多少副面孔?不止一副。三副,四副,永远是独特的,永远不止一副。

我读懂了这张脸意味着什么。每一个征象指示出一条新的路径。沿着这些路,能靠近事物的意义。这张脸向我耳语,它对我说话,也让我说话,去破译周遭所有的名字,所有呼唤它、轻抚它、显现它的名字。它使事情变得可见、可辨,它似乎很清楚,即使光芒散去,它所照亮的事物也不会消失,它曾触及的事物也仍将存在,它们不会停止存在,不会停止闪耀,不会再次隐没在名字背后。

自从我开始生活,我便记住了这一切,痛苦不曾消失,我曾颤抖不已,我害怕分离,恐惧死亡。我在劳作中看见了死亡,我猜到了它的善妒,它的恒久,它拒绝放过任何鲜活的气息。自从我睁开双眼开始注视,我便看到了伤痛、瘫痪、扭曲、屠杀。我发现这张脸注定也会死亡,我必须每时每刻用力在**虚空**中将它夺回。我不爱将要消失的事物,对我来说,爱并非注定死亡。不。我曾爱过。我曾恐惧。我仍然恐惧。因为恐惧,我更加深爱,我让所有的生命力量警觉起来,我用灵魂和语言武装爱,防止死亡获胜。爱:让生命延续。一切有了名字。

最初的那张脸是母亲的脸。她的面孔可以给予我视野和生命,也可以使它们远离我。出于对第一张脸的热情,我一直在这一侧等待死亡。我用目光追寻着母亲,带着野兽般的热情。一次糟糕的计算。棋局中,我在思考王后,国王已经倒下。

写作:为了不给死亡留下空间,为了使遗忘退却,为了永远不陷入绝境。为了不随波逐流,不顾影自怜,为了不必躺在床上时转身面向墙壁,重新入睡,假装什么都没有发生,什么都不会发生。

或许,我之所以写作,仅仅是为了获得这张脸的恩惠。一切都可能消失。为了不停歇地对抗神秘,属于或不再属于此地的神秘。有形的或隐形的神秘。为了对抗这样的法则:"你不可以为自己塑像,无论在天空或是地面,无论在水中或是地下。"为了对抗盲目的法则。我时常会丧失视力。但我不曾停止塑造这个形象。我闭着眼睛。我的文字在看。

你渴望拥有。渴望一切。但人类不被允许拥有,拥有一切。至于女人,她们甚至不被允许渴望,渴望拥有人类可能拥有的一切。到处都是界限,到处都是高墙,高墙之内,仍有高墙。堡垒之中,某天清晨,我醒来的时候,已经被定了罪。我被隔离在城镇,在检疫所,在某个牢笼中,在医疗站,我常常去往我的墓地——禁锢我身体的牢房,大地上到处都是囚禁我的地方。身体被禁锢,精神在静默。监禁的时刻:我身处狱中,刑期漫长,一切无法预见。但我感到"如在家中"。对于你不能拥有、不能接触、不能嗅、不能摸的事物,你至少可以尝试去看。我想看:一切。没有什么乐土是我无法在有朝一日到达的。去看从来没有拥有过的,或许,我写作是为了看到,是为了获得我无法拥有的东西,是为了使拥有不再是张开或握紧的手的特权,不再是喉咙的、胃的特权。而是伸出的手指的特权。能看、能画的手指,在视觉温柔支配下的指尖。从灵魂之眼的视角。女性之眼①。从**绝对之眼**的视角,到达这个词语的本义:分离。

写作是为了用文字、双唇、呼吸去轻抚,用舌尖去触碰,用灵魂去舔舐;为了品尝挚爱身躯、遥远生命的血液;为了用欲望填充距离;这样你便不会被阅读。

拥有? 一种无限制、无约束,但也不去"保管"的拥有。一种不持有、不占有的拥有。一种在血缘关系中持续的爱——"拥有-爱"(l'avoir-amour)。所

---

① 这是一个文字游戏:原文中,"灵魂之眼"(l'œil d'âme)与"女性之眼"(l'œil dame)发音相同。这里可理解为:女性灵魂的视角。

以,你希望上帝(如果存在的话)给你什么,你就给自己什么。

谁能定义"拥有"的含义,在哪里生活,哪里享欲①?

一切就在那里:当分别并不分开什么;当空缺变得生动,又回归寂静,回归静止。在爱对虚无的攻击中。我的声音排斥死亡;我的死亡;你的死亡;我的声音是另一个我。我写作,你不会死去。我写作,另一个我就是安全的。

写作很好:它永无止境。它在我体内循环着,最简单,最确定。就像我们从不缺少的血液。它可能会贫瘠。但是你可以制造它、更新它。在我身上,话语就是血液,除非我死去,否则它永不终结。

首先,我写作真相,以打破死亡。这是因为某一桩死亡。那是最残忍的,怎么都无法宽恕的,无法弥补的。事情是这样的:我不在场的时候你死去。当

---

① 原文为"jouir",中文翻译借鉴了郭乙瑶教授在《性别差异的诗意书写:埃莱娜·西苏理论研究》(北京大学出版社,2013年)一书中对该词的翻译。在本书中,根据不同语境,对该词的翻译有所不同。

伊瑟不在的时候,特里斯当转向墙壁,走向死亡①。在这具躯体和这堵墙之间发生的,以及没有发生的,使我痛苦,使我写作。需要那张脸:穿过墙壁,撕碎黑纱。亲眼看见我失去的,直视我所失去的。我想亲眼看见消失的事物。无法忍受的是,死亡没有降临,它避开了我。我无法经历它,无法将它拥入怀中,享受它唇边的最后一丝气息。

我继续写作。继续在这里,书写生命。生命:触碰死亡的事物。我抗拒它们,这是我的来自

匿名者的信(Lettres du Qui-Vive):

说出来,以便缓解生命的脆弱。激荡的思想意欲抓住这一切。每当你提出死亡向你耳语的问题,你就转向了生命为你设下的陷阱,那是魔鬼一般的问题:"为什么要活着?为什么是我?"这就好像死亡试图理解生命。最大的危险在于:这个问题只有在

---

① 特里斯当(Tristan)和伊瑟(Iseut)是法国中世纪爱情悲剧中的男女主角,相爱却不能在一起。特里斯当在受伤之后被误导,以为伊瑟已经变心,抱憾死去。得知特里斯当死讯的伊瑟在他身旁殉情而死。

你失去生活的"理由"时,才有被提出的风险,它就像一块墓碑。生活、活着,或者说不向死亡敞开大门,意味着这个问题尚且不算紧迫。更确切地说:人活着总是没有理由,生活就是如此,没有理由地活着,活着不为了什么,靠时间的恩典活着。所以,如果你仔细想想,这是一种非理性,是真正的疯癫。不过,你不会这么想。只有当生活中出现了"思想""理性"时,才有发疯的理由。

写作能阻止攻击生活的问题出现。不要问自己:为什么……? 一旦关于意义的问题出现,一切都会动摇。

我们出生,我们活着,所有人都这么做,像动物一样盲从。如果你试图用人类的目光审视,想要知道发生了什么,不幸就会降临于你。

疯癫的女人:她们被迫每日重新证明自己的出生。我想:没有什么是给我的。我的出生并非一劳永逸。写作、做梦、分娩,每天成为自己的女儿。相信一种内在的力量,全无畏惧地面对生活,尤其要正视自己,是自己,同时也是他者,爱不可或缺,没有什么比自己更多或更少。

我害怕生命会变得陌生。它不再是在我体内顷刻间造就意义的那个虚无;而是在我之外,环绕着我,向我施加**它的**问题:它成了谜,失去理性,掷出骰子。慈悲的一击①。

恐惧是:生命的终止,死亡的判决②。这是所有孩子的恐惧。长大成人,或许不再追问自己来自何方,去往何处,自己是谁。抛开过去,抛开未来?用**历史**取代自己?或许如此。但是哪个女人能摆脱这些问题呢?你不会追问吗:我是谁,我原本是谁,为什么是我,为什么不是我?你不会因为种种不确定性而手足无措吗?你不会像我一样不断挣扎着以避免落入陷阱吗?如果是这样,你大概已经身处陷阱之中,因为对怀疑的恐惧已经成为了使你恐惧的怀疑。为什么这个"为什么是我"的问题使我难以安宁?使我失去了平衡?这与我身为女人有什么关系?我想这是因为社会迫使你这样做,历史迫使你这样做,如果你渴望成长,渴望前进,渴望灵魂自由,

---

① 慈悲的一击(coup de grâce)指车轮刑中刽子手对犯人发出的终结其生命的最后一击。

② 原文为"l'arrêt de vie, l'arrêt de mort",这里"l'arrêt"为多义词,兼有"终止"和"判决"的意思。

渴望无限地享受自己的身体、财富,又该如何去做?你是犹太女人,你弱小、卑微,是鼠群中的一只老鼠,无法摆脱对猫的恐惧,可怖的大猫。去往欲望的所在,去往内心的荒漠。伴随着成长,你的欲望也在生长。如果你离开了鼠洞,便会明白,世界没有给你这样的人留下任何位置。

"如果我终将迷失,你为什么将我带到世上?"

然而,你甚至不知道该向谁提出这个问题。

有时,我想,我之所以写作是为了给这个缥缈的问题寻找答案,它萦绕着我的灵魂、折磨着我的肉体;是为了赋予它土壤和时间;是为了将刀锋掉转,让它远离我的身体;是为了给予、寻找、呼唤、触摸,将新的存在带到世上,它不会束缚我,不会驱逐我,不会因为有限性而消失。

因为下面的梦:

我拒绝把疾病当作武器。有一种病使我恐惧。她已经死了吗?无药可医。我害怕她死去。在这张大床上。悲伤,极度悲伤。她的病:癌症。一只手生了病。它就是疾病本身。你为了救她,砍掉了她的手。克服那种苦涩、令人厌恶的焦灼。不是死亡,是判决,这是疾病的工作。我的整个身体都在抽搐。

把该说的告诉她:"你有两只手。如果这只手保不住了,就切掉它。你还有未来。如果一只手不能用,就用另外一只手代替它。行动。回答。你失去了写作的手?那就用另一只手学习写作。"就用它,它—它自己—我—她的—手(elle-même-moi-sa-main),我开始在纸上涂写。很快,出现了完美的字体,就好像她另外这只手中原本就有这些文稿。如果你正遭遇死亡,要活下去。

用一只手去承受,去生活,用手指触碰痛苦和不幸。但还有一只手:那是写作的手。

一个被杀死的女孩[①]:

最初,我渴望。

"她想要什么?"

"活着。没有别的,只有活着。还有听到我自己的声音说出我自己的名字。"

"太可怕了!割掉她的舌头!"

---

① 原文为"On tue une fille",是对弗洛伊德的《一个被打的小孩》(*On bat un enfant*)的戏拟。

"她有什么毛病?"

"她忍不住要飞!"

"这样的话,我们还有笼子。"

有哪个**超级叔叔**(Suroncle)没阻止过一个女孩飞翔,把她绑起来,把她的脚裹起来,好让它们显得小巧玲珑,把她做成漂亮的木乃伊?

我该如何写作?

首先,是不是应该拥有写作的"正当理由"? 这些对我来说捉摸不透的,赋予人写作"权利"的理由? 我不知道它们是什么。我只有糟糕的"理由",它们算不上理由,而是一种激情,一种无法言说、令人不安的东西,其中某种强烈的因素使我感到痛苦。我不"想"写作。我怎么会"想"写作呢? 我并没有迷失,失去对事物的尺度。一只老鼠不能成为先知。即使作为老鼠我有力气爬上西奈山①,我也没有勇气去向上帝索求我的书。没有任何理由。但是狂热一直都在。空中的文字围绕在我的周遭。它们近在咫

---

① 根据犹太历史,西奈山(Sinaï)是上帝发出启示的地方之一。

尺,令人陶醉,看不见,摸不着。然后,这些文字贯穿了我!写作就这样突然降临。一天,我被追捕,被围困,被俘虏。它抓住了我。我无计可施。它从哪里来?我不知道。我对它一无所知。或许是从我身体的某个部位。但我不知道是哪里。"写作"抓住了我,紧紧抓住,在横膈膜的一侧,腹腔和胸腔之间。一股气息充盈起我的肺部,我停止了呼吸。

突然,一股激流涌过,使我无法呼吸,一些疯狂的念头被唤起。"写作。"当我说到"写作"抓住了我,并不是某一个句子吸引了我,我其实没有什么要写的,哪怕是只言片语。然而,肉体的深处遭遇袭击。被冲撞。却没有被穿透。被包围。行动。这袭击无法阻挡:"写作!"即便我是微不足道的无名鼠辈,我依然感受到了先知曾经历过的可怕的震颤,那是来自上天的命令,它带着蓬勃的生机将我唤醒。它能迫使人们漂洋过海。我,写作?但我不是先知。一种渴望在体内升腾,改变了我的节奏,在我的胸中肆虐,让时间变得难以忍受。我如暴风骤雨一般动荡不安。"爆发吧!""你可以开口!"然而,是谁在讲话?顷刻间,**渴望**变得热烈。是谁击中了我?是谁在背后袭击我?我的身体里涌起一股巨大的气流,我却无言以对。是谁在催促?是谁入侵了我?是谁将我变作了怪物?是哪一只老鼠妄想像先知一样强大?

一种欢快的力量。并非来自上帝,也不来自上天。而是来自难以想象的地方,来自我自身,它不为人所知,在我身体的最深处(按照自然主义者的视角,我的身体从外表来看,富有弹性,容易紧张,瘦削,活跃,不乏魅力,肌肉结实,尖尖的鼻子总是很湿润、微微颤动,还有爪子,也在轻轻抖动)。那里存在着另一个空间,没有界限,在那里,在我居住或没有居住的区域,我能感觉到它们,我看不见,但是它们存在着。我的灵魂之泉已经涌出,但我看不见它们,唯有感觉。虽然难以理解,但是真相如此。这里有泉水。谜一般的。一天早上,喷涌而出。我的身体在那里感受到一次可怕的宇宙之旅。我的领地有一座火山。但没有熔岩:渴望流动的,是一股气息①。它不同寻常。这股气息"想要"获得某种形状。"写我!"一天,它请求我。一天,它威胁我。"你写不写我?"它本来可以说:"画我。"我试过了。但是它生来

---

① 气息(souffle)在法语中同时有灵感的意思,在西苏的文字中,这个词语通常被赋予了双重含义。

愤怒,想要阻止一切,封闭一切,它的躯体没有轮廓、没有皮肤、没有墙壁,它的血肉永不干枯、永不僵硬、永不凝结。"别挡我的路,否则我会砸烂一切!"

是什么样的要挟使我向这股气息让步?我要写作吗?是我吗?这股气息如此强烈,如此狂暴,我爱它,也怕它。某天上午我被卷起,脱离地面,在空中摇摆。我目瞪口呆。意想不到的事情发生在我的身上。睡觉时是老鼠,醒来后是雄鹰!多么愉悦,又何其恐怖!而我却与此无关,无能为力。最糟糕的是,每当这股气息涌入时,同样的不幸就会重演:最初,我难以自持,兴高采烈,之后,我继续战斗,最后,我倒下了,在悲伤中。勉强登上高处时,我听到:"喂!你在那里干什么?这是老鼠该来的地方吗?"惭愧!我羞愧难当。在大地之上,乃至在我的个人空间,从不缺少秩序的维护者,他们的口袋里装满了"石头",随时可以扔向飞翔①的老鼠。至于我内心的守护者——那时我还不叫他"超我",他比其他所有人——谨慎、顺从、安于秩序的亲人、师长、同伴,以

---

① 飞翔(voler)在法语中同时有偷窃的意思,在西苏的文字中,这个词语通常被赋予了双重含义。

及所有反对癫狂、厌恶老鼠的人——更快、更准,他会在他们所有人开枪之前,把石头扔向我。"最快的神枪手"①是我自己。所幸!我的羞愧阻止了我,没有丑闻。我得救了。

　　写作?我没想过。或者说我一直在想,带着悲哀,带着穷人的耻辱、屈从与天真。**写作是上帝**。但它不是你的上帝。就像大教堂的**神启**:在我出生的国度,文化回归了自然——以肉体重构。废墟不再是废墟,而是光辉记忆的颂歌。大海日日夜夜吟唱着非洲。过去并没有过去。它像先知一样在时间中沉睡。十八岁时,我发现了"文化"。一座纪念碑,它的宏伟,它的威胁,它的话语。"跪下,劣等民族的后代!你的生命宛如昙花一现。我为我的信徒而矗立。出去,犹太姑娘。快,或者我给你洗礼。""荣耀":这是怎样一个词!军队的名字、教堂的名字、高高在上的胜利者的名字。但不是属于犹太女人的词语。荣耀、彩绘玻璃、旗帜、穹顶、建筑、杰作,我怎能看不出你的美?它怎么能不让我想起我的格格不入。

---

　　①　原文为英文。

一年夏天,人们将我逐出科隆大教堂。我确实裸露着胳膊,也可能是头发太短。一位牧师将我赶了出来。赤身裸体的感觉。身为犹太人,我感觉自己是赤裸的,赤身裸体的犹太人,赤身裸体的女人,犹太人的肉体和欢乐。——我将获得你们所有的书。但是我离开了教堂。那里的祷告是忧郁的、男性的。

我吞食、吮吸、舔舐、亲吻所有的文本。我是人群中无数的孩子。

但写作呢?我有什么权利?毕竟,我是在无权、未经许可、他们不知情的情况下阅读他们的作品。

就像我能在大教堂里祈祷,并给他们的上帝送去伪造的信息一样。

写作?我渴望写作,我热爱写作,我想把写作给予我的一切再献给写作,这是多么大的抱负!多么遥不可及的幸福。喂养自己的母亲。反过来把我的乳汁献给她?疯狂而轻率。

我不需要一个严厉的"超我"来阻止我写作;我的内心深处没有任何东西能让我相信或想象这种行为。有很多工人的孩子梦想成为莫扎特或莎士比亚吗?

我的一切联合起来阻止我写作：整个历史、我的经历、我的出身、我的性别。这一切构成了社会性的自我、文化性的自我。从必要的、我所缺失的东西开始，从写作形塑自我所需要的材料开始，从它挣脱出来的地方开始：从语言开始。你想——写作？用什么语言？所谓的权利一直让我恼火：我在一个花园里学会了说法语，然而，因为我是犹太人，我随时可能被驱逐出这个花园。我属于被逐出天堂的人。用法语写作？凭什么？给我们看看你的证件，告诉我们密码，这里需要签名，伸出手，露出你的爪子，你的鼻子是怎么回事？

从前，我说"写法语"（écrire français）。但人们会加上介词 en①。穿过。门。请敲门进入。严格禁止。

"你不是本地人。这不是你的家。入侵者！"

"是的。没有权利。只有爱。"

写作？像创造书籍的诸神那般享受，也让他人感受到无尽的享受。血与纸的躯体，肉与泪的文字，终结了终结。人类的诸神，他们不知道自己做了什

---

① 即将"写法语"改为"以法语写作"。

么。不知道他们所看到的、说出的,怎样将我们塑造。我怎能不渴望写作?当书籍占据我的心,将我牢牢吸引,刺穿我的心脏,让我感受到它们无私的力量时;当我在一篇不是写给我,也不是写给你,而是写给他人的文字中感受到爱;当我被生活裹挟,它不做评判,不加选择,触及到我并且不言明任何时;当我被爱所激荡,被爱所撕裂时?当我的存在被无数存在所填满,当我的身体被穿越,被浸染,我怎么能把自己封闭在沉默中?来到我身边,我也会来到你身边。当爱情使你陷入爱情时,你怎能禁得住不去低语,不去说出它的名字,感谢它的爱抚?

你可以渴望。可以阅读,可以崇拜,可以全情投入。但你不能写作。写作只属于少数人。弱小的人、卑微的人,还有女人,永远无法进入写作的空间。一个神圣的私密空间。在燃烧的灌木丛①中,写作在对先知们讲话。可以肯定的是,灌木丛从不和女人对话。

经验难道没有证明这一点吗?不过,我并不认

---

① 《圣经》中记载,摩西引导犹太人逃离埃及之后,在旷野中遇到了燃烧的灌木丛,并实现了与上帝的交流。

为写作在跟普通人讲话,它只同合适的人讲话。这些人注定要别离,注定要孤独。它向他们索要一切,从他们身上夺走一切。它无情而又温柔,剥夺了他们的一切财产,一切羁绊。这减轻了他们的负担,也让他们一无所有。在这之后,它向他们指出一条路:通往遥远、无名、无尽的地方。它将他们引向了起点,这意味着一种权利,一种必然。但他们永远不会到达。那里没有边界。在未来,它将与他们同在,胜过任何人。

对于这些智者来说,这是一段没有地平线、超越一切的美丽旅程,它通往一个令人恐惧但又令人陶醉的出口,不过,从未有人说过这个出口在哪里。

为你写的故事预示着你被约束和遗忘的命运。短暂、轻飘飘的一生:从母亲家里出来,走过三个小路口,糊里糊涂地来到外婆家,然后被她一口吞掉。对你来说,全部的故事只有小姑娘、小奶罐、小蜂蜜罐、小篮子,经验表明,故事里这趟短暂的美食之旅很快就会把你带到**大灰狼**(也就是那个永远贪得无厌的外婆)的床上,就好像法律规定母亲必须献祭自己的女儿,以惩罚她胆敢享受生活中的美好事物,拥有小红帽这么漂亮的孩子。被吞食的宿命,变成被消化物的旅程。

书籍对男孩来说,是探索、沙漠、无尽的空间、丧失勇气、重获勇气、勇往直前。对注定成为家庭主妇的女孩来说,是迷失森林中的宿命。是受骗、失望,好奇心无法得到满足。不需要与斯芬克斯进行谜语决斗,而不过是围绕着狼的身体提出一些危险的问题:身体有什么用?神话只是表象。逻各斯张开了大嘴,将我们一口吞下。

话语(呼喊、咆哮、撕裂空气、愤怒不止)不会留下痕迹:你可以讲话,但话语会蒸发,耳朵不再倾听,声音随即消失。但是写作!是与时间签订契约。留下印记!使人铭记!!!

"但这是被禁止的。"

我认为自己无权写作的所有理由,包括好的理由、不太好的理由,以及虚假的理由:我没有地方可以写作。没有合法的地方,没有土地,没有故乡,没有属于自己的故事。

没有什么会回到我身边。或者说,一切都不会回来,无论之于我,还是之于其他人。

"我没有根;我的根在哪里——我拿什么来滋养

我的文字。散居的结果。"

"我没有法定的语言。我用德语唱歌,用英语伪装,用法语偷窃,我是一个小偷,我在哪里写下我的文字呢?"

"差异已然存在,没办法出现更多的差异。有人曾经这样教训我:你,异乡人,加入吧。在包容你的国家获得国籍。听话,回到你的行列中,像所有人一样,不要引起注意,做个仆人。"

这是你的准则,你不能杀人,只能被杀,不能偷窃,不能行为不端,不能狂热,不能生病,这是对主人的不尊重,走路不能摇摇晃晃。你不能写作,只能去学习算术。不能触及自己。我该以谁的名义写作?

你写作?你以为你是谁?我能这么说吗:"不是我,是灵感的降临!""我不是任何人。"这一点是真的:我没有把自己当作任何人。

这甚至是最让我隐隐担忧和痛苦的事情:我是什么也不是的人。我想,每个人都是大人物,只有我不是。我是什么也不是的人。"是"属于那些完整的、明确的、倨傲的人,他们自信地占领世界,毫不犹豫地夺取自己的位置,他们无处不在,而我只是一个非法入侵者,待在世界的某个角落,保持警惕。逆来顺受的人。"是"？这是怎样的自信啊！我想："我可以不是。"我想："我以后是。"然而,我说出的却是"我是"。我是谁？所有公开的对我的称呼和我使用的身份——当你随波逐流时,你不会拒绝一支船桨——都是误导性的和虚假的。我欺骗自己,但客观地说,我在欺骗世界。我真正的证件其实是伪造的。我甚至不是一个小女孩,我是一只受惊的野兽,我是一只凶猛的野兽(或许他们已经怀疑了)。国籍？"法国人。"这不是我的错！人们让我顶替那个冒牌货的位置。现在仍然如此,有时我不得不为自己解释、道歉、改正,这是我一贯的做法。因为即使我不相信存在的真实性,也至少相信语言的严谨性和纯洁性。如果一个词开始被用来说谎,它就被滥用了。它被滥用了,处于一种低能的境地。

"我是……"：谁敢像上帝一样说话？不是我……如果可以这样描述：我就是一阵旋风,一连串的大火,上万个暴力场景(历史哺育了我；我"幸运地"在两次大屠杀之间学会了走路；在种族主义的泛滥中,1940年,我年满三岁,作为犹太人,我的一部分在集中营,一部分在"殖民地")。

因此,我一直过着双重生活,一重向上,一重向下。在底层,我挣扎、被撕裂、啜泣。在上层,我享受生命。底层是屠杀、残肢、磔刑、被车轮碾压的尸体、噪声、机器、钉耙。上层是脸、嘴、灵晕;心灵的沉寂。

孩童幻想①

("在接触情欲之前,女性就是一个梦,但梦也分为两个阶段:一开始爱情梦想着女性,后来则是女性梦想着爱情。"②)

他的嘴

我三岁的时候,上帝是一个优雅、有母性的年轻人,他的头上似乎戴着礼帽,隐入云层,修长的双腿穿着毫无褶皱的裤子。他不是运动员。而是一个优雅的男人,上半身形象模糊,肌肉组织富有精神的灵性。

---

① 原文为"enfantasmes",由 enfant(孩子)和 fantasmes(幻想)合成的词语。
② 见《诱惑者日记》,索伦·克尔凯郭尔著,陈岳辰译,外语教学与研究出版社,2020 年,第 176 页。

我住在他上衣左侧的口袋里。尽管我还是个小姑娘,却成了他的**口袋里的女人**。所以,我看起来并不像我,而是完全相反,身材苗条,像仙女一般,小巧玲珑,一头红发,穿着绿色连衣裙。如果我有诱惑的念头,我一定会把自己想象成一个充满诱惑的人。当我在上帝的口袋里时,我就是另一个自己。站在这里,我开始审视整个宇宙。我感觉很好。没有人能接近我们。我尽可能地靠近上帝的心脏,他的中心和他的肺。他穿着浅灰色西装。我从未见过他的手。我知道他的嘴很美。他吐出**话语**的双唇:轮廓清晰。他的嘴从脸上凸显出来,散发着光芒。没有在光芒中消失,使人敬畏。你的嘴是一层石榴(我改写了《圣经》)[①]。

脸:我经历过这一切,接受这一切。宇宙最初的面孔,无数的星辰闪耀着。太阳是一张嘴。我没有想到眼睛。我不记得曾见过或想象过上帝的眼睛。上帝不会盯着谁:他微笑。他面对所有人。

我从他胸前的口袋出入。上帝的身体至高无

[①] 《圣经》中的表述为:"你的两太阳在帐子内,如同一块石榴。"(《雅歌》4:3)

上。微笑！我进去了：老鼠①。

后来，我依稀把他的眼睛当作了嘴巴。他的眼睑就像被雕琢过的令人热爱的嘴唇。有时眼皮会跳动，眼睛会突然飞起来。

上帝的嘴微微前移，双唇开启，我陷入了对他牙齿的沉思。在高处，我生活在齿间潮湿的光亮中。他的嘴是我的鼠洞，我的圣殿。他微笑着，我便在这只神猫的牙齿之间出入。

我在底层的生活骚动、狂热。我孕育了激情，恐惧和颤抖，愤怒和复仇。没有确切的形式。关于我的身体，我只知道力量的博弈，不，不是博弈，是火焰。底层是战争。我在战争中。战争与享欲。享欲与绝望。力量与无力。我注视着，我守望着，我窥探着，我没有闭上眼睛，我看到了死亡无休止的工作。我：羔羊。我：狼。

我殴打孩子。**敌人**的孩子们。他们是地地道道

---

① 原文为"souris"，在法语中可以是动词"sourire"（微笑）的变位，也可以是名词"老鼠"，借用这个同形异义词，叙述者作为"老鼠"的意象与上帝作为"猫"的意象相交会。上帝微笑，"我"进入了他的口袋中。

的法国小孩。他们体形匀称、衣着整洁、外表光鲜、态度谦逊、健健康康。他们就像粉色和蓝色的小糖果，里面却充满了胆汁和粪便。这些小牵线木偶眼神呆滞，小小的眼睛里充满了仇恨、愚蠢、凶残。我不敢刺穿他们的眼睛。也不敢把他们吊起来。这样太显眼了。我害怕。我温和地犯下了谋杀的罪行。一天，在军官花园，我杀死了一个无害的小姑娘。她的天真无邪不可饶恕。她大概三四岁，我那时五六岁。她在路边种满鲜花的小径上散步，一路蹦蹦跳跳。她的眼中有鲜花、糖果、妈妈，以及祈祷书。没有仇恨。没有乞讨的痕迹，没有奴隶、阿拉伯人和不幸者的阴影。她在鲜花、怀抱、糖果之间往复。她没有受到任何侵蚀。我想到了一个计策。我将她引向一个角落，对她使出了《白雪公主》中的招数。我的武器是一个只剩几缕果肉的梨核。我对她说："这是糖。你必须一口气吞下去。"单纯如她，会听我的话，吞下去，被梨核卡住，窒息而死。她是白人，我是黑人。

我杀人、折磨人。我殴打、偷窃、欺骗。在梦里。有时在现实中。我有罪吗？是的。没有罪吗？是的。被殖民，被去殖民化。被咬、被吞噬、被呕吐。

被惩罚、惩罚。打击。我的卷发被剪掉,我的眼睛被刺穿。

我崇拜上帝,我的母亲。爱我吧!不要抛弃我!抛弃我的人是我的母亲。我的父亲死了:所以父亲,你就是我的母亲。我的母亲依然存在。在我心里,永远在战斗的母亲,是死亡的敌人。我的父亲倒下了。在我心里,父亲永远恐惧,母亲永远反抗。

在上层,我在写作中生活。我以读书为生。我很早就开始阅读:我不吃东西,只看书。在不知不觉中我一直都"知道",我以文字为食。在不知不觉中。或者说在隐喻不存在的情况下。在我的生活中,隐喻的空间很小,非常有限,我经常去掉隐喻。我有两种饥饿感:一种是好的,一种是坏的。或者说,同样的饥饿,却有不同的体验。对书的渴望是我的快乐,也是我的折磨。我几乎没有书。没有钱,就没有书。在一年的时间里,我在公共图书馆,如饥似渴,狼吞虎咽。就像每年吞食光明节的甜饼:十个肉桂姜饼,它们就像我的宝藏。如何通过吃掉它们来保存它们?折磨:渴望与计算。折磨的经济学。我的嘴让我了解到每一个决定的残酷,从牙齿传来,不可逆转。保留,不去享受。享受,不再享受。写作是我的父亲,我的母亲,我受到威胁的乳母。

文字的乳汁哺育了我。语言是我的食物。盘子里的东西让我厌恶。脏兮兮的胡萝卜,难喝的汤,叉子和勺子展开了进攻。"张开嘴。""不。"我只需要声音、文字就能够存活。交易已达成:让我听,我才能下咽。我的耳朵渴了。我想索取欢乐。我一边吃,一边吸收。当我吃饱的时候,我的头脑是欢愉的,身体还在这里,思绪却已经逃脱,精神在尽情遨游。如果说我品尝了什么,那就是语言的面团。我记得,在同一个季节,我喝下了最后一瓶奶,也读了第一本书。我放弃了一个,只是为了另一个。

有一种语言,我可以用任何一种语言表述它,别人也可以用任何一种语言向我表述它。一旦这种语言被诗人所使用,它就会变得既独特又普遍,回荡在所有的语言中。所有的语言都会流淌出乳汁和蜜汁。我了解这种语言,我无须进入它,它从我的体内涌出、流动,它是爱的乳汁,是我的无意识之蜜。它是女人之间彼此交谈的语言,当人们不是为了纠正她们才听她们说话。

也许我之所以能够写作,是因为这种语言让我逃脱了"小红帽"的命运。如果你做不到谨慎言语,总会有一种语法来审查它。

我有幸成为声音的女儿。这种幸运在于：我的写作来自至少两种语言。在我个人的语言中，这些"外来的"语言是我的源泉，我的激情。"外语"：它们是来自异域的音乐，是宝贵的忠告。不要忘记并非一切都在这里，为自己只是一个片段、一粒偶然的种子而欣喜吧，世界没有中心，站起来，看看数不胜数的事物，倾听无法翻译的话语。记住，一切都在别处，一切之外仍有一切。各种语言进入了我的语言，它们相互理解，相互呼唤，相互接触，相互改变，带着温柔，带着恐惧，也带着快感。在沸腾的差异中，不同的人称代词混合在一起。它们使我不能仅仅将"我的语言"视为自己的语言；它们让"我的语言"既担忧又快乐。在我的语言中，需要词语、字母和声音的游戏与迁徙；我的文字永远也说不尽它的好处：包括它的躁动，它不允许法则的确立；以及它的敞开，它使无限铺展。

在我所讲的语言中，母语发出回响，这是我母亲的语言，它更富于音乐性，而不仅仅是语言，更像是词语的歌唱而不仅仅是句法，美丽的高地德语，北方的温热遇见南方的清爽。母亲的德语是游弋的身躯,飘浮在我的语言之流上,是母亲的灵魂爱人①,这种野性的语言赋予最古老、最年轻的激情以形态,在法语的白天创造出乳白色的夜晚。它未被写下:它穿过了我的身体,向我示爱,使我爱上它,开口说话,感觉到它的气息抚过我的喉咙,然后欢笑。

我的德语之母,在唇边,在喉咙,让我理解了节奏。

后来有一天,我发现德语可以书写,我吓坏了。我将它当作"第二语言",就像人们形容的那样。试着把天然掌握的语言、有血有肉的语言变成一种"语言-物品"。我的德语呀!我的精神食粮!② 突然间,它被一层又一层地包裹起来,被用一个又一个字母拼写出来!我逃离,我唾弃,我呕吐。我急忙冲向了英语,冲向了其他语言的一角③,以免看到那些字母怎样在它们的爪子和牙齿之间运送、碾压、榨取、抢

---

① 原文为"âmant",包含"âme"(灵魂)一词,与amant(情人)发音相同。

② 法文中"德语"一词为"l'allemend",食物为"l'aliment",发音相似,这里,作者用"ma lalemande"(我的德语)制造了谐音,并将原本为阳性的"德语"一词,改为阴性。

③ 作者使用了同样的方法,将"英语"(l'anglais)一词变为了阴性的"la languelait",并且与后文的"一角"(l'angle)构成了谐音。

夺语言的血液。我所使用的这门母语从来没有向语法这只"狼"屈服。它在我身上歌唱、游荡,我的口音纯正,说起话来却像个文盲。它使得我说法语就像在说外语一样。对它而言,我桀骜不驯,我将永远不能真正掌握、拥有任何一门语言,我将永远犯错、欺诈,想要慢慢走近所有语言,却从未接近过自己的语言,去舔舐,去感受,去爱慕它的不同之处,去尊重它的天赋、它的才华、它的流动。最重要的是,把它留在承载它的那个他方,完整地保留它的陌生感,不把它带回这里,不把它变为盲目、粗暴的译文。如果你不拥有一种语言,你也可以被它拥有:让它对你来说保持陌生。爱它就像爱你的邻居①。

怎么才能不被语言的性别所困扰呢?如果在我的语言中,父亲也可以怀孕的话?②

用法语表示迅速离开:门,道路,渴望前进,永远超越文本的语言;渴望中断,以及出发;渴望正视文化、意义、知识;渴望不被人言说;渴望竞赛;渴望玩

---

① 《圣经》中有:"要爱邻舍如同自己。"(《路加福音》10:27)
② 法语中,名词和形容词有阴阳性之分。gros(阴性为grosse)一词可以表示胖或怀孕,不过,当它修饰男性主体时,就失去了"怀孕"的意思。

要;渴望让压抑的人讲话。但在我的腹中,在我的肺部,在我的喉咙里,外国女人的声音让我愉悦,进入我口中的是另一位母亲的水。

我拍打我的书籍:我一页一页地抚摸它们。哦,亲爱的,我舔舐着,撕扯着。用指甲在印刷的页面上划过。你让我多么痛苦!我阅读你,我崇拜你,我敬仰你,我聆听你的话语,燃烧的灌木丛啊,但你已被吞噬!你将消亡!不要离开!不要离我而去。书的降福:当这些甜饼被消化吸收,我发现自己被欺骗了,我空虚,被审判。一年的时间!(但我知道,时间既漫长,又无关紧要。我很早就领悟到了它的奥妙,它既严酷又富于弹性,在慈悲中充满邪恶,它有能力重新来过。)

借助记忆和遗忘,我可以再次阅读这本书。重新开始。从另一个角度,第三个角度,第四个角度。经由阅读,我发现写作是无限的。不朽的。永恒的。

写作或上帝。写作的上帝。上帝的写作。我现在要做的就是打破和训练我的胃口。

我记得自己在十二三岁的时候读到过这句话:

"肉体多么悲伤,哎,我已读完了所有的书。"①我当时惊呆了,夹杂着鄙视和厌恶。仿佛一座坟墓在说话。这是多么大的谎言!然而又多么真实:因为肉体就是一本书。肉体"读"完了?腐肉之书?恶臭和虚假。肉体是文字,而文字永远不会被读完:它永远有待阅读、学习、研究和发明。

阅读:成千上万次地书写每一个页面,让它们发光、生长、增加。是的,页码会增加。但阅读,也是为了爱上文本。这是同一种精神练习。

与死亡抗争的是温柔——最谦卑也最骄傲的温柔,是一只鸟对另一只鸟的忠诚,是母鸡和小鸡,是我母亲的微笑,就像拯救大地的太阳,是爱的力量,尤其是美好的力量,它拒绝制造痛苦。啊!我是爱的军队。可是,爱首先是斗争。这是我最初的认识:生命脆弱,死亡掌握着权力。生命充满了爱、关怀、注视、爱抚和歌唱,却受到仇恨和死亡的威胁。那么,它必须保护自己。我在这种对抗中学到了痛苦

---

① 出自马拉美(Stéphane Mallarmé,1842—1898)的《海风》(*Brise marine*)。

的第一课——现实就是分裂和矛盾，这是它的法则：必须要爱，这种爱只愿意理解生命与和平，它以乳汁和欢笑为食粮，与此同时，它也必须以战争对抗战争，乃至必须直面死亡。我曾是所有被深渊阻隔的情侣，或者说，我的肉体同时拥有两个身体，世人的嫉妒想要肢解这具肉体。国王、法律、愤怒的自我、家庭、帮凶、驿站组成了肮脏的联盟，想要对抗这具肉体，他们是**所有权帝国**的代表，是**越来越糟糕的所有制**的代表，是"你属于我"的代言人，他们不是亚当和夏娃。亚当和夏娃只是失去了盲人们的天堂，只有从神的角度看，他们才被逐出了伊甸园，事实上，他们最终诞生，走出来，成为了人：我便是那对被分割、被剁碎、被定罪的夫妇，因为他们刚刚发现了享欲的秘密，因为在他们的身体中，爱神厄洛斯将男性和女性结合在一起，因为罗密欧对朱丽叶的爱胜过了**律法**和父辈，因为特里斯当潜入了伊瑟，潜入了她的欢愉、她的女性气质。在伊瑟身上，特里斯当抵制了阉割。

我成为了死亡的敌人，然而，"成为"某人意味着什么呢？

我是一个躁动不安、备受煎熬的集合体，被行动的需要所驱使，但我在哪里、如何前进、朝向哪里呢？转身、推进、投身于相反的方向、分裂、冲撞、前进，但那是哪一个"前"方呢？如果从未有过前方？模棱两可地说，除了此"前"发生的事情之外，还有没有另一个"**前**"方呢？

在这个躁动不安的空间里，我如何能说出"我是……"呢？

充其量，我的骚动汇集在一个名字之下，不过并非随便一个名字！西苏，这个名字本身就充满了喧嚣和叛逆。这真是一个"名字"？这个奇怪的、野蛮的词语，勉强存在于法语中。这就是"我的""名字"。一个不像名字的名字。一个拗口难记的名字。一个没人会写的名字，这就是我。仍然是我。当人们发音不准，用这个名字来称呼我，我想，这是个糟糕的名字。一个奇怪的词语，佶屈聱牙，难以归类。我是个无名小卒。不过，我可以成为"西苏"——无论是聪明人，还是那些有意识或无意识地带着仇恨或狡黠的人，都能不知疲倦地为这个名字找到一千种形变。由于这个名字，我很早就知道名字和身体之间存在着肉体上的联系。这种力量是强大的，它通过文字表现出人类生活最隐秘的一面。

人们可以用文字伤害我,我的文字。他们在着魔的人身上印上字母。我是无名之辈。但身体被刻上了闪电和文字。

我本可以叫埃莱娜,本可以很美,很特别,独一无二。但我是西苏。一只愤怒的老鼠。我与埃莱娜相去甚远,埃莱娜仅仅是一位德国曾祖母传给我的名字。加上西苏这个姓氏,愚蠢的人们(我并不怀疑没有人会承认自己的愚蠢)想到了收入。微薄的收入[1]。它们是同一个发音,这怎么会和文字没有关联?除非是耳朵不灵或是,尚未理解身体始终是一种等待着被用于铭写的物质?肉体可以书写,也可以被阅读,被书写。

我是无名之辈。我对自己说,无名之辈不会写作。

如果说在幼年时期,我没怎么感到**灵感**的折磨,那是因为我还没有为自己是个无名小卒而感到有罪,我也不需要成为什么大人物。我只是一个"das Kind"[2]。我们没有足够的才智允许这个词汇流浪到

---

[1] 西苏(Cixous)的发音包含"苏"(sou),苏曾是法国货币中最小的单位,二十个苏等于一法郎。

[2] 德语:孩子。这是一个中性词。

法语里。因为这门语言会立刻把新生儿按性别进行分类。当我们面向摇篮俯下身体时,我们问:是女孩吗?别搞错了!粉色还是蓝色?快,看看标记。你确定今天早上没出错吗?在其他语言中,人们放任你随便说,孩子是中性的,可以暂时不表明性别。不过,这并不是说,在讲德语或英语的地方,对女性特征的压抑有所减少。还有别的压抑,压抑以不同的方式介入。在这些语言中,还存在不确定的因素和主观上犹豫的空间。我认为,这与以下事实不无关系:在这些语言中,浪漫主义的喧嚣弥散开来,它以幽灵、替身、游荡的犹太人、没有影子的人、没有人的影子,以及无穷无尽的混血儿和其他不同的、略微相同的、略微不同的存在,扰乱了**存在**的世界。必须要有"Es"①,差异、非同一性才会存在。作为"Es",当我还是"das Mädchen"②时,我必须无所畏惧地写作。但如果**灵感**的危机已经存在,那就不是**写作**了。

谁?我:没有权利。

我有了我的月经——时间迟得惊人。我原本十

---

① 德语,可指代中性名词。
② 德语:小女孩。

分想要将自己视为一个"女人"。

我是女人吗？通过重提这个问题，我对整个女性历史提出了质疑。这段历史由千千万万个不同的故事组成，但却充满了同样的问题、同样的恐惧和同样的不确定性。充满了同样的希望，曾经只有同意、屈服或绝望。我该把自己视为女人吗？该怎样做？将自己视为哪一个女人？如果人们把我"充作"女人，我厌恶把自己"充作"女人。

他们抓住你的胸，拔掉你屁股上的羽毛，把你塞进砂锅里，然后翻动，他们抓住你的嘴，把你关在家里，将你养肥，囚禁在笼子里。现在，下蛋。

他们使得成为女人变得艰难，如果这意味着成为家禽！

多少次跨越死亡，多少次穿越沙漠，多少次烈焰焚烧，多少次冰天雪地，只为我在某天重获新生！而你，在死了多少次之后，当你想到"我是一个女人"时，才不认为这句话意味着"所以，我不过是个奴仆"？

我已经死了三四次。你存在了多少年？在此期间，有多少具棺材充当过你的躯体？你的灵魂蜷缩在多少冰冷的肉体里？你三十岁了吗？你出生了吗？有时我们出生得很晚。可能是不幸，却是我们的幸运。女人似乎很神秘。大师们是这样教我们的，他们甚至说她就是谜本身。

谜？如何成为一个谜？有谁知道其中的奥秘？她。她是谁？我不是**她**。不是这个**她**，也不是任何一个**她**。

对我的诉讼开始了：

"你会做女人们会做的事情吗？"

"她们会做什么？"

"编织。""不。""缝纫。""不。""做甜品。""不。""生孩子。""但我……我会生孩子。孩子会生出孩子吗？服从命令，迎合口味，满足欲望？不。""成为女人？我不知道。我所不知道的东西她知道吗？该向谁提问？"

我的母亲不是一个"女人"。她是我的母亲，是微笑，是母语的声音（我的母语不是法语）。在我看来，她更像一个年轻男子，抑或年轻女孩。此外，她是一个外国人。她是我的女儿。作为女人，她缺乏男人的狡猾、邪恶、金钱至上、斤斤计较。她手无寸铁。她的存在使我想成为一个男人，成为《圣经》里写的那种正直者——与坏人、男人、商人、狡诈者、剥削者作斗争。我是她的骑士。但我很难过。当一个男人,即使是当一个正义的男人,也使我感到沉重。我不能做一个"女性化"的女人。因为正义战争①。但盔甲多沉重!

写作?如果我写下"**我**",我会是谁呢?在日常生活中,我可以提到"**我**"而不知道自己是谁,但在不知道自己是谁的情况下写作,又怎么可以呢?我无权这样做。写作难道不是**真理**之所在吗?**真理**难道不是清晰、明确、统一的吗?而我却困扰着,被许多同时存在的、混沌的原因困扰着。放弃吧!

你不是多重人格的恶魔吗?我发现自己被很多人所占据,我的无名小卒,我的怪物,我的混血儿,我劝他们安静下来。

你不能待在原地,你要从哪里开始写作?我使自己感到害怕。擅长认同于他人是一种不幸的能力,它在虚构的作品中得到了锻炼。我在**书**中成为了某个人,在诗歌中和我相似的人,我与纸上的亲戚结成联盟,我有兄弟,有和我同样的人,还有替代品,

---

① 正义战争(拉丁文:bellum iustum)指的是这样一个由西塞罗提出的概念:当战争完全符合某一套伦理标准时,它被认为是道德的。

我也可以随心所欲地成为他们的兄弟或姐妹。而实际上,或许我并不能成为某一个人?我不是其他什么人,只是我自己!

更糟糕的是,我受到了改变的威胁。我会变色,一些事情使我变质,我有时长大,但大多数时候在缩小,甚至当我"长大"时,有种正在缩小的感觉。

我理应相信同一性、非矛盾性和统一性原则。多年来,我一直向往着这种神圣的同质性。我拿着我的大剪刀,一旦我发现我做得太过分了,咔嚓,我修剪、调整,把一切都带回到一个被称为"好女人"的角色上。

写作?"是的,但我们难道不应该从上帝的角度来写作吗?""唉!""那就放弃吧!"

我放弃了。一切平息下来,将被遗忘。我的努力得到了回报。我看到家庭的神圣感在闪耀。我重整旗鼓。重新开始。我即将成为自己。

但是,正如我后来了解到的那样,被压抑的东西又回来了。我的**灵感**在我经历死亡和出生这类特定时刻时回归,这难道是偶然的吗?当时我并没有想到这一点。如果说是偶然,那是因为偶然促成了好多事情。此外,还有无意识的存在。

我分娩①。我喜欢分娩。我以前就喜欢分娩——我的母亲是助产士——我一直很喜欢看女人分娩。分娩"很好"。她以自己的行为、激情为主导，同时也让自己被主导，以我们想象的方式用力，半是身不由己，半是主动地掌握着宫缩，她与自己无法控制的一切融为一体。她是多么强大！分娩就像游泳，陷入了肉体的抵抗，大海的抵抗，"主宰"的概念不复存在，呼吸成为了主要的任务，身体与身体，女人跟随、加入、结合。她就在那里。她的全部。她被调动，这关乎她的身躯、她的肉体。终于这一次，她就是她自己，只要她愿意，她就不会缺席，她不会逃避，她可以占有自己，把自己交给自己。正是通过观察她们分娩，我学会了爱女人，感受到并渴望女性的力量和精神；惊讶于如此巨大的力量竟然可以在日常的平凡中被吸收、被掩盖。我看到的不是"母亲"。孩子是她的事。与我无关。这是她肉体的巅峰，她的快感、她的力量最终得到了释放，得到了彰显。还有她的秘密。如果你能看到自己，你怎么能不爱自己呢？她在分娩。用母狮的力量。植物的力量。宇

---

① 分娩（accoucher）在法语中同时表示艰难地创作。

宙的力量。一个女人的力量。她找到了她的源泉。紧紧把握着。笑着。伴随着孩子的痕迹,是一阵气息[①]!对文本的渴望!困惑!她怎么了?一个孩子!纸张!迷醉!我感到充溢!我的乳房溢出了乳汁。墨汁。哺乳的时间到了。我呢?我也饿了。那墨汁散发着乳汁的味道。

写作:似乎我仍然渴望享乐,渴望感觉到饱满,渴望用力,渴望感受肌肉的力量和我的和谐,渴望怀孕,让自己享受分娩的喜悦,母亲的喜悦和孩子的喜悦。轮到我分娩,献出我的乳房,哺乳。生命呼唤生命。再一次的享欲。再一次!我没有写作。我为什么要写呢?牛奶充盈着我的头脑。

另外一天,我有了一个孩子。这个孩子不是孩子。也许是植物,也许是动物。我跟跟跄跄地走着。于是,一切都发生了,就好像我一直以来的想象在现实中重现。被制造出来。这一次,我发现我不知道人类从哪里开始,人类和非人类,以及生命和非生命之间有什么区别。存在着"界限"吗?文字被刺穿,

---

① 这里的"气息"与上文的"灵感"在法语中是同一个词(souffle)。

意义逃之夭夭。一股气息汹涌而来。孩子在死去。但他没有死。哀悼是不可能的。写作的欲望无处不在。现在是时候了,我严厉地对自己说。我走到法官面前,他说:"你连孩子都生不好,还想写作?先回去参加考试吧。"

"作为母亲,应该做得更好,你同意吗?"

"同意。"

"你是谁?"

"我了解得越来越少。我放弃了。"

真相在于我没有任何"理由"写作。一切都来自这股疯狂的风。

并且,除了爆发和强迫之外,没有任何解决之道。先发制人是不可能的。灵感,多么不幸!

你能闭上嘴吗?人们让我安静下来。他们堵住她的嘴。迫使她沉默。人们堵住她的耳朵。我闭上了嘴。接受他们的检查。身体出了问题。心跳太快,血流太猛。心脏不太正常。我生病了,惩罚我吧。

"那么,你想写作吗?"医生对我说。

"嗓子有点疼。"我说,可怕的咽炎。

他从头到脚替我检查,将我切成小块,他觉得我的大腿太长,乳房太小。

"张开嘴,让我看一看。"

我张开嘴,我发出"啊"的声音,我伸着舌头①。我有三种语言。三种语言?你说什么?他并不知道,我有一两种语言不在嘴里,或许只有一种,但它会变化,会增加,一种血的语言,一种夜的语言,一种从每个方向穿越身体每个部位的语言,点燃它们,将它们吸引,使我的隐秘的地平线开口说话。别告诉他,别告诉他,他会割掉你的舌头,拔掉你的牙齿!"睁开眼睛,把舌头伸进去。"我照做了。**主人**对我说:"去城里的市场看一看,然后描绘它。如果你能很好地把它讲出来,我们会给你写作许可证。"我没有得到许可。

每年都有一位**超级叔叔**对我说:"在拿起笔之前,请告诉我:你知道如何像工人一样说话吗?"

"不。"

"你知道我是谁吗?""哦,是的,"我说,"一个资本主义-现实主义的**超级叔叔**。重复大师。**反他者**(Anti-Autre)的父系本人(pèrepersonne)。"

---

① 法语中,舌头和语言是同一个词(langue)。

他为我重新表演了他的第一百个重复画面:每年都重复相同的。"人们以为你来了:然后你就出现了。有一天我们自言自语:这次我抓住她了,一定是她。这个女人是我们的囊中之物。然而,我们还没打开钱袋子,就看到你从另一扇门进来了。你到底是谁? 如果你每次都不一样,你怎么能指望别人认出你? 此外,你的名字叫什么? 人们想知道自己买的是什么。没有名字的东西可卖不出去。我们的顾客想要简单的东西。你总是有很多替身,非常不可靠,你有很多和你一样的分身。给我们一个同质的西苏。请重复一遍,要保证一切都在意料之内。改变不适合我们。停! 休息。重复!"

　　"没人想要未来。给我们一个按部就班的过去,然后变老。最重要的是,不要让我们失去方向,我们已经和你们生活了五千年。我们知道女人是什么样的。我有一个妻子[①],已经三十年了。"

---

　　① 法语中"femme"一词,兼有"女人"和"妻子"的意思。

忏悔①:

某种雌性动物②,类似 chamoi, moiseau 或 moiselle③,住在我的身体里。它在我的身体里筑巢,使我羞耻。它疯狂、躁动。说出来使我很痛苦,但我确实从中获得了极大的快感。不要说出来。这很愚蠢。——有时是小矮子,是机灵的小拇指:光着脚一步就能走七里④——是它。这个动物养不熟,喜怒无常、令人厌恶。我叫它,它会来。我不叫它,它也会来。它会给我惹麻烦。**超级叔叔**一直盯着我。当我

---

① 这里借用了卢梭的《忏悔录》(*Les Confessions*)。忏悔(confession)一词,因其构词中含有 con(指女性私处)在此处被赋予了阴性的意味。

② 法语中,动物(animal)一词为阳性,此处,西苏按照构词法将其转变为阴性;animâle,使单词中同时包含 mâle(雄性)一词。

③ 三个词(chamoi, moiseau, moiselle)中都含有 moi,即弗洛伊德所说的自我(ego)。chamoi 在发音上与 chat(猫)、moi(自我)构成谐音,同时使人想起 chamois(岩羚羊),以及发音类似的 chameau(骆驼);moiseau 和 moiselle 都使人联想到 demoiselle(年轻小姐),同时也与 oiseau(雄鸟)、oiselle(雌鸟)呼应。

④ 在童话故事《小拇指》中,身材只有拇指大小的男孩穿上了妖怪的"七里靴",一步就可以走七里。

喂它的时候,它像狼一样蹑手蹑脚①,取悦它让我感到高兴,**狼**的叫声便平息了。**超级叔叔**大喝一声,我吓了一跳,我的动物也逃跑了。老**狼**想把我们分开。为了我们自己的利益,为了善良人的利益,为了私处的利益。他俯身在摇篮上,对我们施下诅咒:"如果你养它,你会越来越愚蠢。最终会疯掉。男人不会再要你。你不会成为女人。"

多么痛苦!我很害怕。

赶走它!它回来。它钻进我的双腿之间。

它的气息无法抵挡。是疯子,还是女人?

她用一只手牵着双腿间夹着的动物,使劲地抚摸它("发疯"一般)。另一只手努力杀死它(作为男人的"女人")。幸运的是,殴打它,这把快乐还给了它。而我呢,我的主人,我会变成什么样呢?越来越疯狂。啊,我永远不会知道。chamoi 将我带走,我迷失、狂喜,我触碰了它,我是什么?

不要碰。快跑。它会切断你的手!将你的骨髓冰冻。让你吃拳头。

---

① 法语中 à pas de loup 指蹑手蹑脚,直译为:以狼的脚步。

关于女性气质的安魂曲[①]

先生们-先生们,女士们-先生们。

在我准备让你们担心的同时,我从未停止过与你们内心的困难作斗争,而且在某种程度上,我预感到我的错误是正确的。

我的写作确实没有存在的理由,只有疯狂。疯狂!事实上,我什么都不知道:我写出的是我不知道的东西。我闭着眼睛为你们写下这些。但我闭着眼睛,也可以阅读。对于你们这些长着眼睛却不阅读的人,我没什么好说的。女人是你们无法理解的事物之一。

我想尽一切办法扼杀它。我说的都是事实。

---

① 这一部分戏仿了弗洛伊德的《女性气质》(Femininity)。原文中西苏用到了"infiminité",与三个词语形成呼应:infime(微不足道的)、infini(无限的)、féminité(女性特征)。在弗洛伊德的演讲中,他以"Ladies and Gentlemen — All the while I am preparing to talk to you I am struggling with an internal difficulty"(女士们,先生们,在我准备向你们发言的这段时间里,我一直在与内心的困难作斗争)开始,西苏在下文中也进行了戏拟。

sexcuse[①]有什么用？你不能把女性气质掩盖起来。女性气质是不可避免的。我要求你们重启你们的游戏。收回可耻的部分。让她回归她的骄傲。

你们是男人，所以女性气质让你们无法容忍。那么，你们确定自己是人类吗？

为了对我正确的错误做辩护，我援引了所有在你们看来我无权写作的**理由**：没有写作的地方；没有故乡；没有合法的历史；没有确定性；没有财产。

——没有公认的严肃语言。我用德语哭泣，用英语玩耍，用法语偷窃，我是小偷。没有固定居所[②]。

——没有规则。没有语法。每月拼写一次。没有知识，尤其是没有知识。写作的文凭：无。联盟：无。原型：无。无穷无尽。

---

① 法语中道歉为"s'excuser"，这里是西苏用谐音的方式创造的表述（sexecuser），发音中包含着 sex（性）。

② 西苏用的表达"pas d'hommicile fixe"是"pas domicile fixe"（没有固定居所）的谐音，在西苏的表达中，"homme"（男人）突出了男权的主导。

然而,她在写作!

她先死去,然后爱。

我死了。出现了一条鸿沟。需要跨越的鸿沟。有人跨过去了。之后,开始酝酿——在体内酝酿,难以忍受的痛苦。肉体被切割、被扭曲、被撕裂,然后腐烂,直至重生。一个女人,感受到自己的新生,伴随着痛苦,没有任何温柔、有力的文字,也没有歌声陪伴。这就是为什么,她死去、出生,唯有沉默。

关于我的死亡,我无话可说。到目前为止,它对我来说太重大了。从某种程度上说,我所有的文字都是从死亡中"诞生"的。它们从它那里逃离。它们来自它。我的写作有几个源头,不同的气息滋养着它,又带走了它。

没有它——我的死亡——我便不能写作。我喉咙上的薄纱没有被撕开。也还没有发出撕裂耳膜、震裂墙壁的尖叫。死亡时会发生什么,无法言说。写作在某种程度上(在我们走向死亡的过程中有一些普遍的特征,我不认为我看错了)——首先是最后一声叹息,是被恐惧占据的言语;与此同时,开始逃离,因恐怖而战栗——在死亡中,我们经历了最大的、最令人厌恶的痛苦——以及回归,对我们在与死亡结合的那一刻所获得的感受生发出难以言表的、无法拒绝的怀念。那时发生的事情是决定性的,难以忘怀的,它留在记忆中,却不同于我们的日常记忆,留在不清晰、无从表达的记忆中,只剩下伤痕累累的肉体,以及痛苦的证明,然而,用来证明什么呢?

自死亡的那一刻起,我们就保留着最大的恐惧和最大的善意:渴望永远尽可能地靠近**她**①——死亡,我们最强大的母亲。她给予我们最强烈的冲动——渴望、经历、跨越的冲动。但我们无法靠近她。她憧憬着,并给予憧憬。但这种欲望是分裂的,正面和反面同时存在。一方面渴望远离死亡,尽可能地远离,另一方面又渴望接近她,极度渴望。就在死亡面前,与她对抗,用尽一切与她对抗,与我们最危险、最慷慨的母亲对抗。正是这位母亲给了我们(我们并不认为,我们没有清晰的思想,只有骚动、汹涌的血流、混沌、原初的紊乱)无法抑制的出走的欲

---

① 法语中不存在中性代词,死亡(mort)一词为阴性,原文中用大写的"Elle"指代,这里译作"她",以强调死亡的阴性属性。

望,使我们期待两极的相互触碰,彼此进入、互换。黑夜过后不是白昼,白昼与黑夜抗争,拥抱黑夜,伤害黑夜,也被黑夜所伤害,黑色的血液与白色的血液融合在一起。同样,生命从死亡的内脏中爬出,撕裂了死亡。它憎恨死亡,崇拜死亡,从未忘记死亡也不会忘记它。不会忘记死亡一直在那里,从未离开过,打开窗户,可怕的胸膛就在那里,平静的床就在那里——这是她最大的力量,它明白死亡爱我们,就像我们爱她一样,并且,我们可以以一种奇特的方式依靠她。正是从她那里,从**死亡**——我们双重的母亲那里,我们通过写作既相互远离又相互靠近,因为写作首先是一种不放弃死亡的方式。

我说:必须得到过死亡的爱,才能出生,才能诉诸文字。在这种情况下,开始写作变得必要——(而且——)是可能的:**失去一切,一下子失去一切**。这不是一个可以想象的"情况"。你不可能想要失去:如果你想要失去,那就不存在所谓失去了。写作——开始了,没有你,没有我,没有规则,没有知识,没有光,没有希望,没有联系,没有任何亲近你的人,因为如果世界历史继续下去,而你不在其中,你就在"地狱"里,而地狱是我不存在之处也是我身处其中之处,我没有栖息之地,感觉着自己一次又一次地死去,在那里,非我(non-moi)把我越拖越远,在那里,所剩下的"我"不过是非我的痛苦,是从未被同一性限定的痛苦,因为我是开放的,我的感觉、灵魂、我的身体和精神从未停止过流动,我清空了自己,然而,你越来越沉重,你沉沦了,你沉入了其中没有任何关联存在的深渊。

所以,当你失去了一切,找不到路,迷失了方向,看不到标记,没有立足之地,也没有抵抗另一种思想的思想时;当你迷失在自身之外,不断地迷失自己,进入了自我迷失的疯狂运动中时;就是在那个时候,在那里,你已破碎,肉体被无法描述的事物侵入,你没有抵抗、没有防御、没有棍棒、没有皮肤,一切都被其他东西吞噬,正是在这些令人窒息的时刻,你想到了一些文字,你的笔下流淌着前所未闻的纯净之歌,它们不为任何人响起,兀自喷涌而出,震耳欲聋,从你那些不知名的居民的喉咙里发出,它们是死亡与生命在相互搏斗时发出的呐喊。

你的痛苦为你打造了这个没有边际的躯体,这个无边无际、饱受践踏的大地,这个满目疮痍的空间,你的废墟般的国家,没有军队,没有主宰,没有城墙——你不知道它们是爱的花园。不是索取的花园。你不嫉妒,不算计,不羡慕,因为你已经一无所有。你不处在任何关系中。你是超脱的。你不乞求。你不再匮乏。而是超越了匮乏;但你游离在外,不被定义,成为被人怜悯的**他者**。如果**爱**从你身边经过,它可以在你身上找到无尽之地,这个没有尽头的地方是它所珍视和需要的。只有在你一无所有时,爱才能在你身上找到它自己,并且不会迷失。

如果你是女人,你总是比男人更容易迷失,也更容易摆脱迷失。更容易失去,也更不容易失去。更容易被吸引,也更容易被排斥。更容易被诱惑,更容易被禁止。同样的冲动,晦暗不明,方向四分五裂,而且总是与你相反,通过阻碍你,将你推向迷失。

这是因为"女人"在社会文化传统的教化下,一直被灌输要保持"克制"的品性。受到社会的约束,"女人"甚至成为了"克制者"的代名词(如果你愿意,也可以说她是被压抑者、受控制者)。无数的纽带、依附、连接、绳索、链条、猎网、狗绳、饭碗形成了一张奴役性的、令人安心的网络,使她产生依赖,受到约束,乃至自我约束。她被一种从属关系所定义,她是某人的妻子,就像她曾是某人的女儿,从一个人的手中到另一个人的手中,从床到闺房,从闺房到家庭。作为一种附属物,女人还要摆脱很多束缚。你被教导要敬畏深渊,敬畏无限,这使得你比男人更理解深渊和无限。不要靠近深渊!如果她能洞察到自己的力量!如果她突然开始享受这股力量,利用这股无穷无尽的力量!如果她越过了深渊!不是像石头一样掉下去,而是像鸟儿一样。如果她发现自己是没有极限的泳者!

放开吧!放开一切!舍弃一切!飞向天空。飞向大海。飞向文字。听着:一切都尚未找到。一切也尚未失去。万物皆待寻觅。去吧,飞翔,遨游,跳动,奔跑,跨越,爱那些未知的、不确定的、尚未遇见的一切,爱真正的自己,爱你将成为的那个人,离开现在的你,从古老的谎言中解脱出来,不再害怕你本不害怕的事物,从这里开始享乐,但不要停留在这里,享受欢愉,在恐惧中享受,追随恐惧,在感到恐惧的地方展翅翱翔,从那里开始!听着:你不亏欠往昔岁月,不亏欠金科玉律。赢得你的自由:归还一切,清空一切,交付一切。完全交付,听我说,是一切。你在听我说吗?什么都不留,你所珍视的,全部交付。你做到了吗?寻找你自己,寻找惶恐的、多重的自我,然后走得再远一些,走出这个自我,离开,离开从前的躯体,断绝一切**清规戒律**。它将因自身的沉重而坠落,而你,跑开,不要回头:这不值得,你身后什么都没有,一切即将到来。

在我看来,唯有大笑才能摆脱死亡。我笑了,坐在梯子的顶端,台阶上沾满了污秽的羽毛,那是失落的天使们留下的印记,我在巴比伦河的上空,河水在这片应许之地的唇间缠绕。我笑了。笑得前仰后合。我独自一人。周围空无一物。没有义务,了无牵挂,无拘无束。我前行,没有道路。左手是我的死亡,右手是恣意的生命。如果有神,我就是神。

我不曾寻找:我一直在寻找。

最初,只有死亡、深渊和第一声笑。

接下来,你一无所知:生活决定了一切。它可怕的创造力超越了我们。我们的生活先于我们。它总是比你先行一步,先有一个高度,一种愿望,一道鸿沟,它向你暗示"跳下去,进入永恒"。写作!什么?迎着风,写作,与文字融为一体。生活!冒险:没有冒险,就没有收获;一旦冒险,就没有什么风险。

在一开始,就有了终点。不要害怕:你的死亡正在死去。然后:一切开始。

当你接近终点时,你才接近了起点。

起先大笑,而后呼喊,痛苦使我写下最初的信,来自地狱的信。我洗耳恭听未来的声音。听到了来自世界的呐喊、人民的愤怒和呼唤、躯体的歌声、痛苦和狂喜的音乐。我倾听。

然而,如果没有给我无限的空间,我便无法写出我所听到的。因为我为**爱**而写,从**爱**写起,因**爱**而写。写作与爱密不可分。写作是爱的姿态。独特的**姿态**。

每个人都需要他者的滋养和丰富。就像人离不开他者一样,写作和爱如同恋人一般,唯有在相互拥抱、彼此寻求、共同书写、互相倾慕中才得以存在。写作:向**爱**示爱。在爱中写作,在写作中爱。**爱**向**写作**敞开它的身体,没有爱,**写作**便会枯萎。为了爱,文字幻化为被爱、被阅读的肉身,在爱所承载和期待爱的所有身体和文本中延展。文本不再是迂回,而是在爱中分娩的肉体。

没有升华。她没有在文本中给予自己满足感。她没有将自己的欲望转化为艺术品,没有将自己的痛苦和孤独转化为标价的商品。没有重新将它们据为己有。

爱不能用来换取对社会的适应，它的生命的迹象在交易中没有等价物。梦想之物也不再是崇高之物。它们就像文本一样，对清醒的生活并非没有影响，它们改变了它，这种生活不仅仅是白昼的生活：而是多样的生活，所有夜晚的生活，所有诗意的生活。这就是爱的延伸和寻找，字面意义上的，肉体意义上的。如果你是女性写作者，你就和我一样清楚：你写作是为了带给身体它的**未来之书**，因为**爱**向你逐个音节地口述出你的新基因。你不是为了填满深渊，而是为了爱自己，直到深渊的最深处。去了解，而不是逃避。不是为了克服，而是为了探索、潜入、造访。在你书写的地方，它在生长，你的身体舒展开来，你的皮肤诉说着迄今为止无声的传奇。

爱做出一个手势，两年前，眼皮一跳，文本就消失了；现在还是这个手势，文字从中出现。有了这个文本，身体重新飞翔。读给我听——舔舐我，把爱写下给我。她并没有将自己置于深渊之中，以填补恐惧的空白；她庆祝她的深渊，她希望它们敞开，她渴望它们的深不见底，它们的承诺：你永远不会填满我们，你永远不会缺乏美好的眩晕；因为你的饥饿，我们无尽的性别，我们的差异。

文本总是在爱的温柔约束下被书写。我唯一的煎熬,唯一的恐惧,是达不到**他人**那样的高度;我唯一的悲伤,是写不出**爱**那样的美丽。我的文字总是与**泉**有关。如果这口泉被堵塞,我将不再写作。泉是属于我的。它不是我。人无法成为自己的泉。泉:始终在那里。存在的光芒永远闪烁,指引我去往**那里**。我无法停止寻找,我用我所有的力量和全部的感官狂热地寻找。它赋予其他泉以意义和动力,它为我点亮**历史**,为我带来现实中的一切景象,每一天都为我带来新生。它让大地在我脚下延伸,我于是飞奔。它使我舒展了我的身体,于是有了写作。心爱的人在那里,一直在那里,不枯竭,不缺席,她的每一句话都呼唤着一本书,她的每一次呼吸都在我的胸腔里响起一首歌,一个不会消失、但我无法"找到"的地方,这个地方,我无法封闭,无法"理解";对我的无限而言,它是无限的,它的存在是为了被寻找,它唤起并重新燃起了让我心跳的冲动,它让我舞文弄墨,重新出发,去往更远的地方,寻找被质疑的永恒,不知疲倦,永不满足,寻找通往下一个问题的答案,永无止境。

爱给了我无尽的空间和渴望。一万个生命也无法覆满它的一页篇幅。多么不幸!多么幸福!我如此渺小,如此幸运!不必了解期限!与他人交往!给予我洞悉所有奥秘的力量,去爱它们,爱它们潜在的威胁,以及它们令人不安的陌生。爱向我走来。它的脸:成千上万的新面孔。

它的目光,同样是**永恒**的目光,但我从未迎接过这样的目光。如何听到它的声音,如何用我人类的耳朵听到这让无数声音发出回响的声音。我被震撼。我被感动。此处。此处-彼处。我的身体被击中。躁动不安。在爱的冲击下,我着了火,我吸入空气,写下文字。我并非没有反抗。它在说话,在说我。

是谁让我写作、呻吟、歌唱、勇敢?是谁给了我从不怕恐惧的身体?是谁在写我?是谁让我的生命成为书写文本的肉体之场?是**生命**本身。很久以来,那些渴望着占有的名字,已经不再适合命名等同于**生命**的存在。**生命**的所有名字都适合它,所有名字加在一起也不足以命名它。当我完成书写,当我们回到我们的乐曲中,我们为自己创造的文本将成为它众多名字中的一个。

既不是父亲,也不是母亲,不是兄弟,不是男人,不是姐妹,而是在那一刻爱建议我们成为的存在,因为在这个舞台上,在某人的怀抱中,在这条街道上,在这场斗争的中心,在这张床的凹陷处,在这场示威中,在这个地球上,在这个被政治、文化的标志标记过的空间中,在这个爱的标志无处不在的空间中,这让我们感到欢愉,或者说,这对我们而言很重要。年轻的男子,你可以是我的母亲,我也可以是你的女儿或儿子,我可以是你的矿物的母亲,而你则是我未开化的父亲、我的动物兄弟。有些可能性从未出现过。还有一些完全没有预料到的可能性,仅仅在我们身上发生过一次。花朵、动物、机器、祖母、树木、河流,我们被穿越,被改变,被震惊。

写作:首先,我被触碰、被爱抚、被伤害,而后,我试图发现触碰的秘密,延伸它,赞美它,并将它转化为另一种爱抚。

☆

白天,隐藏自己?夜晚,语言滔滔不绝,书籍被翻开、显露,那些我无法实现的,梦可以帮我实现。长久以来,我怀着罪恶感:因为无意识的存在。我把

写作想象成一个学者、一个大师的工作成果,关乎**智慧**和限度。但你呢?我感到惊讶,我没有取得任何进步,只是被推着走。我的书不是用额头的汗水换来的,而是接收到的。更糟糕的是,我在偷窃。我被诱惑了:在这个没有栅栏的花园里,所有的文本,一千零一个故事都在一夜之间冒出来。**诞生之树**的果实!令我垂涎!虚构之树!别尝,那只是个梦!尝过这棵树上所结果实的人,再也不知道哪一侧意味着清醒。每天晚上,在文字的森林里,桌上摆满了梦幻般的字母。如何抗拒?这被禁止的写作?

我偷窃。起初,我很腼腆:每个梦,甚至每个水果,我都没有遗忘,那香气、颜色,以及疼痛,我统统保留,在白日之间,我用它们的亮光,写下迷人的语句。"他们是如何写作的?"我问自己,接着,梦冲昏了我的头。"他们知道些什么,那些智者、大师,以及掌握密码的人们?"而我,我就在那里,被梦境萦绕,被幻象淹没,在未被驯服的语言中步履艰难,用我的丰盛、我的醉土、我的野果园,沿着他们的法式公园的围墙前行。我不知道如何划出直线。

慢慢地,我从自己身上偷窃。别再重复下去了!这些珍珠,这些钻石,这些从一团火中产生无数意义的能指,我承认,我经常在自己的无意识中窃取它们。珠宝盒。每个人都知道那是什么。每个女人都有一个。不过,有时它空无一物。有时女人弄丢了钥匙。有时是爸爸妈妈收走了。有时她忘了自己把它放在哪。而我,偷偷地来到这里,小小地洗劫一次,就一次,我到处翻找,啊!这些秘密!(看看亨利·詹姆斯的《阿斯彭文稿》[①],只要文稿被偷,总是在抽屉里),我偷偷看一眼,伸出一只手。这无法抗拒。

我曾经告诉自己,我的签名是假的。

"小偷!""我,是小偷?但谁被'偷'了?"

哪里是我的东西?我是谁的爱情海盗?

女人们夜里对我说的那些话,我倾听着,重复着。部分文字来自我自己。部分是从人们身体上抢夺的;部分是匿名的,部分来自我的兄弟。每一部分都是我所渴望的一个整体,一个让我羡慕和钦佩的更伟大的生命,它在我的血液中加入了它的血液。在我的身上,总有一个比我更伟大、更高尚、更有力

[①] 亨利·詹姆斯(Henry James,1843—1916),英籍美裔作家、文学批评家。在他的中篇小说《阿斯彭文稿》(*Aspern Papers*)中,一位美国评论家试图偷盗诗人阿斯彭的文稿。

量的人促使我成长,我爱这个人,但我并不试图与之匹敌,身体、灵魂、文本——我不愿将其约束,我想为之让路,我乐于赋予其无尽的永恒。埃莱娜·西苏不是我,而是那些在我的文本中被歌唱的人,因为他们的生活、他们的悲伤、他们的力量都渴望发出回响。

☆

夜里,我拖着我的身体,握住方向盘①,游走在我的幕布之间,在两个种族②间穿行。伴随着夜里的光,我上升、下降。城市出现在我的面前,我穿越它们,离开它们,所有的出口都在上方,我是在做梦吗?不。这些都发生在我身上,是我的生活,它们将我引到各处,不同的区域、土地、风景、城市、文化、国家,在这些地方,我的生命受到了触动,一次便足够,生

---

① 原文为"je me glisse au volant",影射了"Femme au volant, mort au tournant"(女人开车,转弯丧命)这句具有性别歧视意味的表述。

② 原文为"je me coule entre deux sangs"。"Sang"有血液的意思,也有种族之意,在此处也暗指两性之间。

命被击中。一封封爱的或恨的信从各地寄给了我,我的身体受到了如此强烈的触动,以至于不能不做出回应。它们几乎把我带到了所有单一的国家、组合的国家、分裂的国家、重组的国家,在所有这些地方,**历史**使我的地理知识变得丰盛。我在旅行:在人们受苦的地方,在人们战斗的地方,在人们逃离的地方,在人们享受的地方,我的身体突然回到了故乡。

我的无意识存在于全世界,我的身体存在于全世界。外界发生的一切同时也发生在内心。我便是大地,是大地上发生的一切,是以不同形式存在于我体内的生命,是旅行,是旅行者,是旅行的身体,也是旅行的灵魂。这一切如此柔软,我进去,然后出来,进去,然后出来。我存在于我的身体里,我的身体在我的内部,我包裹着我自己,容纳着我自己。人们可能会害怕失去自我,但这永远不会发生,我的某个生命总会把我带回到健壮的身体里①。

夜里,我流了多少泪水!从我眼中涌出的,是世界之水。我在绝望中涤清了我的人民,使他们沐浴

---

① 原文为"bon corps",与 bon port(安全的港湾)谐音。

其中,以爱来舔舐他们。我来到尼罗河畔,以用柳条编织的摇篮收容被遗弃的人们,对于生灵的命运,我有着母亲般不懈的爱,这就是为什么我无处不在,我的腹部能够容纳整个宇宙,我使我的无意识成为全世界的,我驱赶了死亡,但它折返回来,重新开始,我于是孕育着开端。是的,在夜晚,爱让我成为母亲,很早以前,我就知道这一点,当我的舌头上还残留着最后一瓶乳汁的味道时,我已经成为母亲。当我把我的母亲、兄弟和亲人拥在怀里时,当我带着他们翻山越岭,从纳粹手中救出他们时,我就是母亲了。从那时起,我发明了各种已知和未知的交通工具。我曾让飞机在心跳声中起飞,我曾一边笑一边阅读达·芬奇——我年纪最大的一个弟弟,像我一样的复数的女性,我曾是所有的鸟儿,我生命中的快乐,回到家里的那一天,我的父亲是一只鹳。作为母亲,我自然需要翅膀。搬运者,劫持者,养育者。今天我所知道的东西,如果说昨天我还不知道,是因为那时我还没有正视自己,而那些东西已经在那里了。离开、保护、逃避、飞翔。你被追捕了吗?审查员在你的身后吗?一连串的警察、男人、贪婪者、压抑者、独裁者、超级教师、老板、勃起的阴茎?你如何能在武装的兽性和权力中生存,如果没有类似母亲的人们陪着你、在你心里,提醒你并非总是邪恶获胜;如果没有类似母亲的人们让你平静,为你在岁月和战争中保留一点生命的乳汁,一点新生的灵魂的愉悦?如果没有几本书,几封信,让你重新振奋?

这就是我写作的原因、方式、对象和内容:乳汁。浓郁的食物。无以回报的礼物。写作也是,是乳汁。我滋养着别人。像所有滋养者一样,我也被滋养。微笑滋养着我。母亲,我是你的女儿:如果你对我微笑,你就滋养了我,我就是你的女儿。良好交换中的善意。

仇恨与邪恶的奥秘:心怀仇恨的人不是会被仇恨生吞活剥吗?将财富和食物留给自己的人会中毒。馈赠的奥秘:馈赠-毒药。如果你给予,你就会得到。你不曾给予的东西,也就是"反馈赠",会反噬你,腐蚀你。

给予越多,享受越多,他们怎么会不知道?

我写——母亲。母亲、妻子和女儿之间有什么联系?我写——女人。有什么区别?我的身体告诉我:首先,要当心名字,它们只是社交的工具、僵化的概念、意义的囚笼,正如你所知道的,是我们为了避免彼此混淆而设置的,否则,资本社会①就无法运作。但是,朋友,请花点时间暂时忘掉你自己的名字。你不是你妹妹的父亲吗?作为妻子,你难道不是你丈夫的丈夫,或你哥哥的哥哥,而你的哥哥不也可能是你的姐姐?我很晚才摆脱了那些名字。我相信——直到写作出现在我嘴边的那一天——**父亲、丈夫、家庭**,我为此付出了肉体的代价②。写作和穿越名字们是同样必要的姿态;当欧律狄刻召唤奥菲斯③进入众生变化的地方时,奥菲斯意识到他自己就是(在)欧律狄刻(之中)。当你任凭自己被引领到符码之外时,你的身体充满了恐惧和喜悦,词语分散开,你不再被社会结构的规划所束缚,你不必再在墙壁间行走,意义在流动,铺满轨道的世界爆炸了,空气开始流通,欲望粉碎了图像,激情不再被谱系所束缚,生命不再被禁锢在世代相传中,爱也不再被引导到公

---

① 原文为"la Société à Ponctionnement Cacapitaliste",是对 la Société à Fonctionnement Capitaliste(依照资本主义运转的社会)的戏拟。

② 原文为"je l'ai payé chair",与 je l'ai payé cher(我付了很高的价格)发音相同。

③ 见希腊神话中奥菲斯(Orphée)去地狱寻回妻子欧律狄刻(Eurydice)的故事。

共联盟机构所决定的方向上。你将回归纯真,回归你的可能性,回归你的丰富性。现在,请倾听你的身体羞于发出的声音。

我的身体对我说:我是牛奶和蜜汁的女儿。如果你给我你的乳房,我就是你的孩子,对于我喂养的人来说,我一直就是母亲,并且你就是我的母亲。这是隐喻?是的。不是的。如果一切都是隐喻,那么没有什么是隐喻。某个男人是你的母亲。如果他是你的母亲,那他还是男人吗?扪心自问:有哪个男人能成为我的母亲吗?有母性的男人就是女人了吗?你更有可能会说:他足够广大、多元,以至于拥有母亲式的美德。

有的女儿只是"女儿",只是童年,只是童年的快乐和不幸,只是依赖。有些母亲没有母性,她们是嫉妒的姐妹,就像灰姑娘的三位或四位母亲-姐妹。

女人呢?对我来说,女人是不会杀死体内任何人的人,是给予(自己)生命的人:女人总是以某种方式成为自己和他人的"母亲"。

每个女人身上都有母亲的影子。不幸的是:"女人"让自己陷入单一的角色!不幸的是被古老的**历史**所迫,让自己卷入不公正战争的女人,这些战争是母亲、女儿、儿媳、姐妹之间因痛苦和缺乏爱而不断挑起的战争。这些战争来自男人,对他们有利。从"母亲"那里学会憎恨母亲的女儿是多么不幸!

作为女性,母亲的角色和女儿的角色彼此相遇,相互保护。从童年走向成熟,走向世故,纯真的女孩成长为女人,这个母亲-孩子(mère-enfant)从未停止长大。

如果你爱自己,你的身上就存在着母亲的印记。如果你去爱。如果你在爱着,你就会爱自己。有爱的女人是这样的:她爱着自己内心的每一个女人(不是弗洛伊德叔叔所说的那种"美丽"女人,镜子里的美丽女人——她太爱自己,任何人对她的爱都无法超过这种爱,不是选美皇后)。她不看自己,不打量自己,不审视自己,不是某种形象,某种复制品。她是鲜活的肉体,迷人的腹中孕育着所有的爱。无关诱惑,并未失神,不是烟雾笼罩下的深渊。她内心丰富,不会将目光投向自身,不会把所有倒映的形象当作自己的形象,贪恋地凝视。她的目光能够识别、探究、保持尊重,不索取,不强求,而是专注地、温柔地沉思、阅读、爱抚、沐浴,让他人熠熠生辉。让隐藏的、躲避的、谨慎的生命重新显露。照亮它,唱响它的名字。

驱使我写作的理由就像驱使母亲为了使孩子掌握宇宙并为之命名,而去书写宇宙的理由。起初,我结婚了,我是妻子;我没有设置围栏,封闭我的土地、我的感官,看不见的肉体的空间在我的双眼之后延伸。我穿过、让自己被浸润、影响(尽最大的可能,直至再进一步就会迷失自己)、渗透、侵入,调解我的肉体和巨大的视觉、信号机器,它大致位于我的头部和肺部之间。我并不以"写作""开始":我不写作。生命从我的身体中创造出文本。我已然成为了文本。**历史**、爱、暴力、时间、工作和欲望在我的身体上刻下了印记。我来到了一个地方,在这里可以听到"原初的语言",在我的胸口,所有的事物、行为和存在的语言都转化成了身体语言,整个现实都融入了我的肉体,被我的神经、我的感官、我所有细胞的工作所捕获、投射、分析、重新组合成了一本书。视觉:我的胸膛就像一个神龛。打开。我的肺就像《摩西五经》的卷轴。一部永无止境的《摩西五经》,它在时间的长河中不断印刷和展开,在同样的**历史**中,写下了所有的故事、事件、短暂的改变和转换,我闭着眼睛,进入我的内心,将它阅读。阅读就在这里,伴随着"想要出生的存在"(l'être-qui-veut-naître),是一种冲动,一种不惜一切代价想要涌出、爆发的东西,是我喉咙里想要发出共鸣的音乐,是一种肉体的需求,它扼住了我的气管,一股力量使我的腹部肌肉收缩,横膈膜被拉伸,仿佛我要通过我的喉咙分娩,或高潮。这是一回事。

这个空气的、肉体的存在,在我体内由成千上万个意义元素组成,这些元素来自现实的各个领域,并由我的情感、我的愤怒、我的喜悦、我的欲望混合在一起,我们不可能预先知道它将如何呈现,或者说它会和什么相像,就像我们不可能预测熔岩在冷却后会表现出什么形状一样。它所表现出的形式、所呈现的文字的面貌,符合它想要表达的意义。如果它想说明的是战争、政治斗争,它就会采取戏剧的形式。如果它想表达哀悼,"啊!你抛弃了我",它的躯体就会啜泣、喘息,内心①变得空白,危机重重。如果它想迸发出高潮,蔓延开来,想重新开始,投入其中,

---

① 原文为"Dedans",意为:内部、里面、内心。同时是西苏另一部作品的题目。

它就完全变成了气息①。

我心中慢慢形成的东西以我无法控制的形式涌现出来。

因此,每个文本都是另一个身体。但每个身体中都有相同的振动:我身体里的某种东西在我所有的书上都留下了印记,它提醒我,我的肉体标记着书籍,这是一种节奏。我的身体是媒介,标记出写作的节奏。

两股力量正共同作用于我,在宇宙的笼罩下,在覆盖我身体的帆布下,我凝视着,我的腹中孕育着发生的一切。我一边凝视,一边倾听。正在发生的一切同时也在歌唱。以某种特殊的方式,一出歌剧孕育在我的身体里。我的手在纸上书写的是我的所见所闻,我的眼睛在倾听,我的肉体在审视。我受到了侵犯。被推向了极限。音乐涌向了我,向我灌输它的乐谱。我是个孩子,我的母亲在唱歌,她的低音,再一次!再一次!一种美妙的语言舔舐着我的心,我的肉体听懂了我原本听不懂的德语。哦,Lied!

---

① 原文为"Souffes",意为:气息、灵感。同时是西苏另一部作品的题目。

Leid! 歌声与痛苦,鲜血与歌声! Leid! Leib! 痛苦与身体。Leib! Leich! Leis! 抒情诗、赞美诗、牛奶。Lieb! 爱。我被爱着。文字爱着我。Leise。[①] 温柔似水。写作让我感受到被爱。我怎能不爱它? 我是一个女人,我造就了爱,爱造就了我,**第三副身体**[②]来到我们身边,第三种视觉,还有我们的另一只耳朵——在我们的两副身体间,第三副身体出现了,飞起来,看向事物的顶端,它在顶端向最高的事物飞去。它潜入我们的水域之间,游动,下沉,探索身体的深处,分离每个器官并使它们变得神圣,认识其中最微小、最不可见的——但要写出第三副身体,必须由外部进入,内部必须打开。如果你堵住了我的耳朵,如果你把我的身体封闭起来,让我听不到由外而内的音乐,如果你把歌声阻隔在外,那么一切都将归于寂静,爱将枯竭,一切变得黑暗,我再也听不到享乐的声音,我将支离破碎,迷失方向。落在纸上的,就是通过我的耳朵在文本中进入我体内的。

---

① 本段中这些"L"开头的单词均为德语,作者借助这些发音相同或相似的词语构建了文字游戏。

② 同时指代西苏的作品《第三副身体》(*Le troisième corps*,1970)。

首先是母亲之歌,灵魂之诗,我将永不疲倦,进来吧,我的爱人,滋养我,我的灵魂渴求你的声音,此刻,我已满溢,爱喷涌而出,我在没有堤岸的河水中漂流。后来,你浮出了你的海,得以靠岸。你切断了这些。如果你想写一本书,就要为自己配备工具,需要修剪、过滤,需要回归自身,经历严酷的考验,你要在自己的肉身上行走,你不再飞翔,不再漂浮,你将丈量土地,修剪花草,要挖掘,啊,你要清理和收集,这是男人的时刻。你将封闭、拉线、收紧线,你警惕地完成梦想的工作,你欺骗、浓缩、堆积、精炼。现在你将如何为它命名?

梦中:"一张圆桌。为了盖过噪声,我说话的声音越来越大,我开始尿尿①,声音越来越大,说话也越来越大声,以瀑布之势,淹没了这一切,我越说越坚定,水流不断涌出,这番话很有哲理,遮蔽了一切,超过了一切,所有人的目光都集中在我身上,尿尿不休②,结论是什么?"一个梦。

谁梦到了你?那些讯息来自哪里?那些通过陌

---

① pisser 可以指撒尿,或大笑,另指写出大量蹩脚的文章。

② 原文中,西苏创造了"pissertation"一词,是对"dissertation"(喋喋不休、引人烦躁的发言)的戏拟。

生的语言向你传达的关于人类活动的秘密，那些关于你从未关注过的民族的消息，它们让饥饿的部落在你的身体里死去，让你去爱那些在你的肉体中出生却不属于你的孩子，他们在你的皮肤下迎接成千上万匿名的敌人，这些敌人怨恨你的生命、你的自由、你的性别？从一个梦到另一个梦，醒来时，你越来越警觉，越来越女性化。你越是让自己做梦，越是让自己被塑造，越是让自己担心、被追逐、被威胁、被爱，就越是要写作，作为女人就越是坚持自己、发现自己、创造自己。越来越多的女性向你走来，更加直白、赤裸、强大、新鲜。因为你有容纳她们的空间。她们越是被爱，就越是成长壮大，前所未有地接近和展现自己，就越是播种和孕育女性气质。

她们吸引你走入她们的花园，邀请你进入她们的森林，引领你穿越她们的区域。她们开创了属于自己的大陆。闭上眼睛，爱她们吧：在她们的土地上，你就像在自己家里一样，她们拜访你，你也拜访他们，她们的性器向你倾诉她们的秘密。她们把你所不知道的事情教授于你，你把从她们那里学到的事情教授给她们。如果你爱她们，每个女人都会融入你,你将成为超级女人①。

你独特的女性无意识:这种无意识与每个人的无意识一样,具有跨文化的因素。你这本神奇的书在历史中是断裂的,被见证者所标注,它的作者不止一位,现实写下了其中的一部分,又删节、梳理、虚构了另一部分,它既是民族的,又是跨民族的,既是千年的积淀,又发生在瞬息之间,像一个顶针,一个由性别缝合在一起的大陆,你的百种起源为梦想编织了肉体。这种肉体被过度历史化,像博物馆一样,在各个方向上相互印证,被过度碰触,这是女性的肉体;在这种肉体中,**法律**所投射的"女性"被同样的审查所伤害,这种审查为每个女性雕刻出一个想象的主宰者——或多或少依附它,受它封闭、禁锢;这种卑微文化下的"女性"遇到了拥有伟大生命的独特女性,像是遇到了女性的总体。在像她一样富有冲动的经济的运动中,这种运动无形、过度丰富且分散,但又彼此不同,就像一个文本与另一个文本。

书写、做梦、享受、被梦到、被享受、被书写。

---

① 原文用了"plufemme",有两层含义,"plus"可以理解为法语的比较级,指"更加女人",也可以理解为"更多的",指"多个女人"。

所有女人都能在黑暗或光明中感受到男人无法感受到的东西,切口、分娩、力比多的爆发、断裂、损失、符合自身节奏的享欲。我的无意识与你的无意识彼此相通。

你自问:

"当显现出的符号、场景、身体和幻觉的声音涌动时,你如何让意义流动起来?它能传到你的喉咙,你的肌肉?"

"我不知道影响我的东西是如何变成语言的,是如何用文字表达出来的。我能'感觉'到,但这就是它的神秘之处,语言无法传达的东西。"

对于这一切,我只想说,语言的"到来"是一种融合,一种熔化的流动,如果我"介入"其中,那意味着一种"姿态",一种被动的活动,就好像我在激励自己:"就让它发生吧,让写作到来,将自己浸润其中,让自己被净化,放松,化身为河流,放下一切,敞开自己,释放一切,摆脱禁锢,自由自在,让自己自由自在……"这是一种极度被动的练习。这既是一种志向,也是一种技巧。这种被动是我们的方式——实际上也是一种主动——通过被事物认知来认识事物。你不必试图掌控。演示、解释、领会。然后收起来,将世界的一部分财富收入囊中。之后,要传播:通过让人了解来让人喜爱。你呢,你想影响他人,想唤醒死者,想提醒人们,他们曾因爱而哭泣,因渴望而颤抖,他们曾非常接近他们声称一直在追求,却始终在远离的生活。

连续、丰富、游移——这是女性特有的气质吗?我认为是的。当一个男人经由他男性的身体写下这样的文字时,那是因为女性气质在他身上没有遭到禁止。他不会围绕着水龙头幻想自己的性欲。他不会害怕没有水,不会拿着马赛克棍子敲打岩石。他说:"我渴了。"文字就会喷涌而出。

沉入自己的夜,像接触大海一样接触身体的潮涌,接受因被浸没而产生的焦虑。与河流,而不是船只,融为一体,直到成为激流,将自己暴露在这种危险之中。这是一种女性的愉悦。海水回归海水,节奏回归节奏。而建筑者:通过他树立的丰碑,从尘土回归尘土。

文本的女性魅力几乎无法被汇集,无法被标记。谁能扼住河水泛滥?谁能把外面的世界束缚在围墙之内?

就好像我与我的写作彼此联通,不再隔阂。我的内心有一首歌,一经吟唱,它就变成了语言:即刻成为一种流动的文本。没有中断,sonsens, chantson, sangson①,一切已然被写就,所有的意义都深入其中。此后,如果我从我的水域中流淌出我的快乐,如果我沿着我的河岸逆流而上,如果我在我的岸边观察到我梦中的鱼儿②,那我将注意到它们在舞蹈中产生了无数的画面;难道我们女人的文思不足以凭自己的意愿写就我们狂野而丰富的文本吗?我们投身于写作之中,就像鱼儿落入水中,就像意义浸入语言,就像改变一直在无意识中发生。

最初刊行于"未来的女性"系列丛书中
克里斯蒂安·布儒瓦出版社,1976年

---

① 西苏利用构词法创造了一组谐音词:"sonsens"即 son(声音)、sens(意义);"chantson"即 chant(歌曲)、son(声音);"sangson"即 sang(血液)、son(声音)。

② "梦中的鱼儿",原文用了"poissonge"一词,由"poison"(鱼)和"songe"(梦)构成。

对乔伊斯的《芬尼根的守灵夜》的两篇解读

詹姆斯·乔伊斯在《芬尼根的守灵夜》中

重释了性别

或

乔伊斯如何让我们在阅读中开怀大笑

接下来的两篇解读

是严肃的玩笑话①

---

① 西苏在这段文字中利用谐音制造了文字游戏,原文为:La mise à n'œuf des genres dans *le Finnegans Wake de James Joyce ou comment Joyce nous fait（t）ordre de lire / Suivent Deux Lectures Pour S'amuser Nonsans Quelque Serreyeux*.

性别过错①:我在哪里享欲?(1976)

---

① 原文为:la missexualité。

就这样,(当这台万能的机器——历史的机器、故事的机器、机器中的机器、书写所有民族所有遗失文本的机器——继续着它的分析、解释、其他诗意的物理和化学操作;以及在普通语言学多义性中,对总体文化的结构性综合分析时;它没有忘记补充;在插入语中)①。

(当它作为琼斯·肖恩②教授向自己作答时)

(当《芬尼根的守灵夜》作为年轻女性和研究者

---

① 为了更直观地展示此处讨论的《芬尼根守灵夜》中插入语的效果,西苏在此以独特的方式使用了一些括号。

② 在《芬尼根的守灵夜》中,肖恩(Shaun)是男主角汉弗利·钱普顿·壹耳微蚵(HCE)的儿子,是个成功的政界人士。琼斯(Jones)是他的一个化身,即琼斯教授。

们,分散在万塞讷公共大厅所有空着的长椅上,此外)

问题在于——(作为男性、父亲,一些男性和另一些男性①之间、男性与男性阴影②之间的战争走向了新的失常)布鲁图和卡修斯③在擂台上暂时——在几页纸上,占据了即使不是首要的位置,至少也是一个引人注目的位置,这也许是一个**历史**问题,或者说是由**历史**串联起来的其中一个故事的问题,这些故事构成了一个噩梦,这种坚持最终产生了意义或无意义,也就是,无意义。

然而,毕竟,只有**乳品业**——电子搅拌器——能够将语言分解为原子,将牛奶分解为副产品——或升华。

---

① 原文用了"les huns et les hautres",法语中 h 不发音,这里是"les uns et les autres"(一些人和另一些人)的谐音。而 h 是"homme"(男性)的首字母,因此译为"一些男性和另一些男性"。

② 原文为"les hommes et les hombres"。ombre 意为"阴影","hombres"为"男性"与"阴影"的组合词。

③ 《芬尼根的守灵夜》中讲述了布鲁图(Burrus,隐喻着黄油:butter)和卡修斯(Caseous,隐喻着奶酪:cheese)的故事,映射了爱尔兰的一段历史。

不亚于几何学、建筑学(orchidecture,590)①、上新世地质学,具有沉积和猥琐暗示的意味,是文本的而非阴谋的实施

以双重方案,对文化世界的精神产品和自然产品进行分析和综合(analyticosynthétique)——

(借助多种语言,写作跨越了所有文化体系,不断努力,希望将所有在生产空间中流动的能量聚集在字母中。)

而肖恩扮演的某个人按照惯例摆架子,成了他自己的导师、骗子、训诫者,——展示出"统一的论述,掩盖困难,填补空白,为疑点蒙上一层面纱,——而这一切都是为了让你真心相信自己学到了新东西"(弗洛伊德会这么说)

(为哪个王储所用?)——用各种可能的名称来指称事物是正确的②、合适的。

---

① 本章节与下一章节中涉及《芬尼根的守灵夜(第一卷)》的译文,均采用戴从容译本,上海人民出版社,2012年版,具体页码在括号中标注。

② 原文用了"corps-rect",与"correct"发音一致,其中"corps"意为身体。

因此——(作为演讲者①的听众,是纯粹的堕落,还是文本的超级狂热?)在迄今为止优雅、纯粹的男性写作中,人们感受到了一种缺失,一种——在同性爱欲方面——被切断的、再也无法抑制的东西,一种想要说出来的、在男性(M-ales)之间滋长的语言的一部分,一种令人不快的快感,有可能使战斗者沉迷其中,而他们对让自己进入文本中的一个字母充满了兴趣。M 来到了这个世界,出现在他们之间。她成长得很快:M 成为了玛格琳②。

没有 M 就没有故事。没有她——**没有**玛奇(Marge),就没有男性场景的位置。没有位置,没有地点,没有故事(histoire)的父系文本,一切的父系文本,故事既没有变化,也不能作为叙事。没有**中间**(Milieu),就没有中间的**故事**(Mistoire)。

既然她必须如此,那就让她顺其自然吧。她出

---

① 演讲者(conférencier),原文为"con-férencier",突出了"con",即女性生殖器。

② Margareen,《圣经》中的妓女。在她悔罪后基督将七个魔鬼从她体内驱逐出去,在《芬尼根的守灵夜》中她也代表分裂的人格。这一名字的变体包括:Magdalene, Marge, Maggies,也作 margarine(人造黄油)。此处参照戴从容译本注释 2567、2611。Marge 一词在英文和法文中均是"边缘"的意思。

现了。从切口和——边缘。从臀部和底部。在正**中间**——不周延的中项(588),在 Undistributed middle between males——males 与 meals 之间,男性与菜肴之间,一个身体的空间,在文本的环绕中,无法继续,将一个场景(scène)变成了胸部(sein),将男性的胸部(sein)变成另一次圣餐(cène)。与字母表(alphallebête)的两端等距。啊! 融合! 与介于两者之间的感觉有关……;与冲动有关;与沉积、埋葬、压抑、起源有关;与压抑的好的区域和坏的区域有关;与模拟有关;与双性恋有关;与二元或三元阳刚组合的结合-分离有关;与磁化、联合有关。

——因为这是他的时刻:the babbling point of platinism①。文字的沸点、白金的沸点(绝对静止的临界点)、绝对零度、史前的时刻,在所有计算之前——巴别塔时刻。

——由此决定了文本的状态——文本-状态。

他的故事的必要性。如果她不来,一切都将停滞不前。

谁? M。"A pale face surrounded by heavy

---

① 此处为英文,意为:铂金的沸点。

odorous furs…"(Giacomo Joyce)[1]贾科莫边缘[2]。一张脸,一封信,一页纸腹部的压力。M…i, m…a,一个M……等待着一连串的字母来组成一个鲜活的生命,这种趋势或许刚刚在半理智的"监护人"的目光中匆匆进入文本的沙龙,这是意识之父委派的监护人,控制着这些压抑,它们突然汹涌而至,先入为主,没有事先请求父亲的许可[3],而且有充分的理由!来自《芬尼根的守灵夜》的无意识的年轻信笺,它们有一种习惯,一种躁狂症,就是把自己寄给寄信人。

在《芬尼根的守灵夜》中,M小姐的反复出现,与文本自身关于投射(分泌、排泄、重现的操作)的推进过程有关,M本人从母体挣脱出来,就像第一封被母鸡从粪便中拯救出来的信一样[4],母鸡,出生的母亲(mère-née),生下、孵化字母的蛋,然后繁殖——这个物种总是已经成为语言被铭刻和阅读的空间。

---

[1] 此处为英文,意为:一张苍白的脸笼罩着毛皮的浓重气味。出自乔伊斯的自传性随笔集《贾科莫·乔伊斯》(Giacomo Joyce)。

[2] 此处原文为Giacomo与marge(边缘,也是玛奇)的组合词Giacomarge。

[3] 原文为"pèremission"(许可),与"permission"为同音词,père即"父亲"。

[4] 影射小说第一卷第五章中的情节。

性别过错:我在哪里享欲?

M…arge,不是原始的母体,不是作为"paradismic perimutter"[①]尽可能向球形扩展的母体,不是拥有具无限可塑性的周边的杂乱无章的声音容器,而是一个狂野的、挑衅的、年轻的 M,她作为一种讯息,从未出现过,一出现就消失了。来自**代用品**(Ersatz)的信,充满**性优势**(sexcellence)。

在匮乏中环视男性之间我们那不周延的中项,我们觉得我们必须衷心地希望有位女性来充当焦点,在这个阶段宝贝少女,挤奶工 M 让人高兴地出现了,我们下面会经常遇到她,她将在某个恰当的时刻向我们介绍自己,我们将再次同意称这个时刻为绝对零度或铂金的沸点。[②]

字母和贝壳,开始交易的符号,最初的贝壳是一种担保,隐藏着某种文字,后来的 *cleopatrician in*

[①] 此处为英文,意为:天堂的周长。译文参照了戴从容翻译的《芬尼根的守灵夜》尚未出版的部分,下同。

[②] 见中译本第 588 页。

*her own right*① 同时是入侵者、匿名者和女王，没有这位外来者，本体就没有外化自我以回归自身的媒介，M 允许半王们②通过反射来自我欣赏，她是中间体，连接了文字的念珠③。因此，这种降临或多或少会是优雅的，能够使声音和图像加速，并影响迷你剧的发展，**醒来**(**Wake**)的人们不断重新落入其中。

叫作布鲁图和卡修斯的人是当时的男性代表，M 对这些乳汁浓缩物的直接影响是积极的：她引入了这种物质。他们对她充满了爱。为了她：他们的呼喊，他们的物质，他们的苹果（Po-M），他们的**黄油**、梦想、排泄物、写作、哭泣、秘密、无意识；他们匆匆忙忙，身不由己，向她致敬。他们给她的礼物——或者更确切地说是对她的感激；多亏了 M……没有她，他们便一无所有。源头，一种他们所发现的力量，因为她突然出现，她永远不会远离他们努力占

---

① 此处为英文，意为："凭自己能力的克娄巴特拉式（cleopatrician）的女子。"(596)

② mi-rois，与 miroir（镜子）构成谐音。

③ 原文为"chapelettre"，该词由念珠（chapelet）和文字（lettrre）构成。

据、分享、占用的文本或身体空间。他们的一半①。

M通过使空间——也就是咏叹调(aria)的演唱——从属于时间因素,损坏了他们的耳朵,她还通过在男性幻想中植入被打断的口交的性场景引入咏叹调的区域(m,aria或p,aria?或者在耳朵的迷宫中,l'Aria,ne?)。作为一个施咒者,她对嘴巴,以及洞、出口、行吟诗人突然发出的喉音施以魔力。引诱者。

> 啊!闭上她的眼睛,张开她的嘴巴,看看我会送她什么调料。怎么样?停下来,女歌手!我更愿意独唱。激动起来,我的勇气!永远救赎我的行吟歌手。②

再多说一句,他就会开黄腔!

她邀请人们制作艺术品,加速转化、置换和升华的过程,由此唤醒了欲望的投射。

---

① 原文为"Leurs moitiers"。Moitiers一词由moi(我)和tiers(第三方/三分之一)构成,发音与moitié(一半)相同。

② 见中译本第590页。

她的到来激起了各种关系的结晶,将各种形象系统串联在一起:变革的形象、文化的形象、寓言的形象,以及政治经济、力比多经济和生物经济在其中相遇、相互质疑和相互交流的全部工作。这也就是制度问题。

她是被渴望的、被恐惧的、不可避免的。不能让M——额外的、剩余的、边际的M——像这样溜走。毕竟,我们不能没有她,M。

因此,通过记忆、再现、隐去图片来重新占有这位年轻女士。

应该使用什么框架来使她回归,这个自我融入者?引发悖论:如何使已经进入的人"进入"?进入边缘?——琼斯的答案:走进内部。去边缘化。为其"画像";"巡视";探索其区域。

分析M,还原她,吸收她,这就是教授的去边缘化:对琼斯博士与他的传记事业的"对象"之间的关系模式而言,她也是必要的,这位博士只会是弗洛伊德。

为**老板**(Patron)画出画像(portrait),掌握

(maîtriser)大师(maître)、M——代表引导的字母①：这是整个琼斯家族的共同目标,无论是否是在**清醒**(Wake)状态下。乔伊斯从未远离弗洛伊德的水域,时刻准备着从某个场景中抓住些什么,在这个场景中,弗洛伊德本人居于诱惑机器的中心,在落差、回声和边缘新闻中诱发移情,这不能不引起他的兴趣。

作为这个空间中的空间计算专家(espacialiste),琼斯——那天肖恩的得力助手(lieu-tenant)——开始"理解"那些难以理解的东西,首先用一种玛格尔·杜尚②风格的方法将其"翻译"成几何语言(就像准确无误的翻译——并将其还原为方程式)。具体方法如下:

为了绘制玛奇的肖像,要把她切成小块——菱形,梯形

用黄油和奶酪将其翻炒,在挑选过的小块中加入来自同一个野生物种的精神香料,物种是来自"黑色大陆"的冷冻海鳗等,同时,在另一个画面中,

---

① 法语中表示"引导"的单词"mener"以 m 开头。

② Margelle Duchamp,这里可能是指马塞尔·杜尚(Marcel Duchamp,1887—1968),法国画家、造型艺术家。Margelle 在法语中有水井的意思,影射杜尚的《泉》。

加入堆叠的帽盒,B和C可以在上面测试他们的勃起和充血能力。加上画框。加上标题"缝纫女孩画像"

(*The Very Picture of a Needless Woman*①)

为了将她暗杀——巧妙地抓住问题的核心。处女膜!

这样我们就能知道玩偶盒②(592)的秘密了。

在这场报告中,我们(并未)被灌输这样的观点:所有的掌控行动,无论它们看起来多么"无偿"和遥远——例如作为再现的绘画对模型的捕获-报复,以及作为解剖③的文学批评,在某种程度上都是惩罚性的展示,是吞噬和毁灭的行为,在这种行为中,amou-

---

① 在中文版《芬尼根的守灵夜(第一卷)》中,根据译者注,Needless Woman 暗指 Needlewoman,即名为《缝纫女孩》(*The Needlewoman*)的一幅油画,见592—593页。西苏在前文中用法文将这一标题表述为:Portrait en Personne d'une femme sans manque。直译为:一个不匮乏的女人的肖像,这里不匮乏(sans manque)暗指英文中的 needless,与 needle 构成了文字游戏。

② Boîte à surprises,直译为"惊奇盒子",指打开盒盖有玩偶跳出的玩具。

③ 西苏创造了"dissexion"一词,与"dissection"(解剖)谐音,强调了性(sex)。

reuses 和 épicetesmotsphilie[1] 的近似得以实现。

每一个引起好奇心的东西都注定要在替代游戏中取代**好奇心**的**主体**,注定不被知晓:年轻的处女。

可以理解的是,琼斯教授声称,经过这样一场报告,他无疑已经完成了对主体的内部考察。他已经进行了测量;因此,他比任何人[2]都更有资格在介绍**玛奇**的三段话[3]中失误。

但他的三段话并非没有成功:

他的描述起初是庄重的,随后越来越犹豫、不确定,越来越不受控制,直到话语的对象掌控了力量、运动,甚至文本,接着,走向终点,到达顶峰、深渊的边缘,并确定其法则:去往塔尔皮亚岩石(598)[4],它在竖立的同时,也向每一位国王承诺它将倒下。

在琼斯教授的表述行为[5]中,这一点得到了证

---

[1] Amoureuse 有爱好者的意思,作为词根的 philie 也有同样的意思。在"épicetesmotsphilie"中"épice"有"香料"的意思,"tes"指"你的","mots"有"词语"的意思。

[2] 原文为"quicon",这是西苏根据 quiconque(任何人)创造的词语。

[3] 中译本中开始于第 594 页。

[4] La roche Tarpeia,古罗马的一处行刑之地。

[5] 西苏创造了"Pèreformatif"一词,与"performatif"谐音,强调了父系(père)。

明:它试图定义 M,试图避开她。

她本人就能够唤起避开的欲望——

或者更准确地说,她本人就是男性经济的证明[①]。

各种形式的经济的证明。作为玛奇。作为完成、允许、禁止、超出 B 和 C 之间发生的事情的人,外加结构中的**他者**。

——第一段。无法提问:当玛奇只是一个有毒的年轻女性(594)时,当她沦为女仆时,她在哪里?

这个问题戏谑地开启了一个陌生而熟悉的场景,仿佛是从弗洛伊德式社会环境的小剧场中抽取之后重新设置在那里的,其中有不能安定地照看孩子的保姆、精选过的歇斯底里的种子(年轻女孩与同龄人的幻想的满足、公园长椅上的浪漫、被压抑的家庭机器……)在这里,M 是将主人推到墙角的那个人。她的游乐场让主人头晕目眩。教授的歇斯底里总是让他小小的焦虑和快乐具备了太多父亲式的困

---

① 原文为"l'econhommie",包含男人(homme)一词,与经济(l'économie)谐音。强调了男性在经济中的主导作用。

惑①。如果说眼睛里装着罗盘的教授自称已经外-内在地掌握了他的恼怒对象,那么他反过来又通过描绘式的反思,陷入了认同的链条中,M用这链条领着她的名字们散步。当他自夸对她做了什么时,玛奇就将它重做一遍。

有条不紊的琼斯通过他的"发现"实现了节约(écohomme),就像那些从排便中获得额外收益的肛欲专家(espécialiste)一样。他的部分冲动得到了"升华",部分冲动被悬置起来,还有一部分被派往M的性感区执行底层-文化②任务。

试着"理解"——将M拘禁起来的是一套传统的准则,之所以创建这些准则,目的是表达众所周知的女性特征的神秘性,并将女性的神秘冒险(misstérisque)封闭在能够摧毁她的陈规陋习中:诱惑准则、害羞、时尚构成了永恒的面纱-空间(espace-du-voile),人们秘密地将她困在其中。作为一个秘密……

---

① 原文为"pèreplexe",包含父亲(père)一词,与困惑(perplexe)谐音。

② 原文为"cul-ture",包含cul(屁股)一词,与culture(文化)谐音。

然而，我们的 M 已经无法忍受，她歇斯底里地做出分析，随时随地：欢乐的乔伊斯式的分析。文化的陈词滥调、关于歇斯底里的迷你研究（mini-études）汇集在一起，与此同时，本应通过琼斯之口，却穿过了乔伊斯之口的文本明确了来自同样来源的其他情欲地带，变得歇斯底里……在双性恋性质的孩童幻想（enfantasme）的萌芽中，分析家情不自禁地成为了自己的神秘冒险（mistérisque）。

玛奇在哪里
当她不在
花园的
长椅上
或电影院时？
同时也不在任何地方。

走出公园——
性别"女"的代表
和保护区
——"自由"元素的空间
在放映室
总是在寻找**他**，寻找**它**，眼睛
紧盯着**他人**。

根据女性符号的三种"模式"或实践（时尚、诱惑、害羞）进行定义、编码和识别。

性别过错:我在哪里享欲?

我已经完全掌握了那位有毒的年轻女士的尺码,她这类人在任何公园里都可能遇到……①	玛奇在几个例子中总是同时出现在几个地方,甚至是所有地方,在一个公园里,她是一个有毒的年轻女人,有点像军人。
招摇地歉意地镶嵌在某个"甜蜜的"短大衣上……②	展示——偷窃,传统的符号在抱歉(en sex-cusant)中被颠覆,招摇——下摆总是伸出来,衬衫(chemisse)或多或少露出来,一直到……极限——她的奢华的处女膜,她的用天然毛皮镶边的东西。她的伪装:看书,以便在角落里张望。一个姿势之下的另一个姿势。

---

① 见中译本第 594 页。
② 同上。

| 在电影院哽咽难言，并把什锦饼干喷到"公子"牧师的"最新款式"上面① | 待在电影院里，为了消费、吞咽、啜泣，沉湎于自己的情绪，看卓别林的电影哭泣，是为了消耗她流露出的情绪。 |

她泪流满面，对卓别林的最新电影感到悲伤。

但最重要的是，她并不是没有武器，他想把它变为他小小的经济工具，她挟持了一名人质："or on the verge of the gutter with"②——在人行道边缘，就像在卖淫的边缘，在男性、女性的边缘。

"some bobbedhair brieffrocked babyma's toddler, held"③——没有人比**他**（**HIM-LUI**）更接近、远离。

"hostage at armslength, teaching His Infant

---

① 见中译本第 594 页。
② 此处为英文，意为：或者在排水沟边(594)。
③ 此处为英文，意为：带着某个短衣短发的婴儿妈妈的小不点儿，让……(594)。

Majesty"①——陛下,她妈妈的小儿子,一个小男孩,作为女主人,她教他,"How to make waters worse"②——更糟糕的水;作为一个性感的诱惑者,她通过小便教导他的是:更糟糕的水③。如何让他的排泄物④变得更糟?用液体和固体,以及母性的物质,与男性的喷射交换。如何增加流量?学习替代的好处。尿出这些小东西——世界就是这样运转的。

在边缘,边缘(marge)拥有一种奇异的力量:它将**他**托举在深渊之上,而他与深渊之间存在着危险的关系。她掌握了享欲的技巧和场所:有谁知道她是否比其他人多一点(知识、享欲、事物)?(为了获

---

① 此处为英文,意为:人质待在够得着的地方,教婴儿陛下……(594)。乔伊斯大写 H、I、M 三个字母,合起来即为"他"(him)。

② 此处为英文,意为:如何尿得更糟/使水(事情)变得更糟(594)。

③ 原文为"pipire",包含 pipi(尿)和 pire(更糟的)。

④ 原文为"sexcrétion",包含 sex(性)一词,与 excrétion(排泄物)谐音。

得答案,要询问提瑞西亚斯①。在享欲的十个部分中,她至少有九个……)

然而,琼斯教授并没有让她离开自己的视线,因为他是一名专业的研究员:看到她利用"悲泣大师"(594)来掩盖自己的男性化个性,难道他不是要去虚伪地查看某些区域吗?她的面具堆积如山,她游行示威,挥舞着她的伞,外面有全部的面纱,但里面……?她是一个令人担忧的完整女性(totamulier,596),她在她的结构中引入了额外的,以及其他的元素!她玩弄着分离与依恋。

因此,作为男性(HIM)的琼斯发现自己处于和她敌对的位置——监视的位置——与 Her Little Man② 有关,那个人是谁?

他自己,孩子,她的小男人——她,她的阴蒂。

性别差异引起了震动,雌雄同体者不知道自己该在怎样的乳房、怎样的肌肉或面具下去更好地隐藏自己。在分析师们"怀疑"、迷惑的眼光下。

---

① 提瑞西亚斯(Tirésias)是希腊神话中的一位先知,具有男女两种性别,拥有敏锐的洞察力和预知能力。

② 此处为英文,意为:她的小男人(594)。

——因为他自己也有向下,以及自下而上观察的理由,在教育的幌子下,人们破解了玩偶含糊不清的性用途。在下面的工作。

反之,她展示出的女性符号在男性符号上窸窸窣窣(ffroufrouter)的游移,似乎是为了表露一个事实,即她的内在并不像人们意料的那样女性化。

内衣的口误-应对:一个失误通往另一个失误,这是自然而然的。A slip of the tongue,口误。A slip of a girl,女孩的失误。

要成为她的小男人,必须而且只要(il faut et il suffils)不再区分上下。让我们走向双性恋革命吧!

(我们将再次在《芬尼根的守灵夜》中获得讯息,历史和所有故事将不会再次经过菲勒斯中心主义的岔路,那一天"新的 Clitorines 将获得自己的力量,并自我解放"[①]。)

但这一切变得有点急于求成,在交流经验时,琼斯影射了他的解决方案,必须暂停……从他尽力照顾这个不随和(conmode)的小妞儿起。

[①] Clitorines 是西苏根据 clitoris(阴蒂,阳性)创造的阴性名词。本句并非直接出自《芬尼根的守灵夜》,是作者在阅读之后提炼出的观点。

我的解决方案(solotions)：如何解决 *the proper parturience of matres*①(- mater, matter - materia)

pour la parturience des / merde mères - enfant ?
matières

Mère - merde - partition: la mère « fait » l'enfant.②

Miction-mite-(enfant)：孩子"撒"尿。他的解决方案被保留。他的男性解决方案没有进入脱轨的路线。*Totamulier*（完整女性,596）*-Verumvirum*（真正男人,596）*-seducente infonta*（诱人公主,596）：是拉丁语(latin: let-in)的干预,这种死去的语言,罗马的语言,注入了一套补充符号而不是这个基本问题：历史的复兴(布鲁图-卡修斯),神经语言学的应用,法律的语言,教会的语言,它们在文本中也有话要说,当问题涉及(/令)质料加工,质料(matière-materia),即所有语言的血肉。

这种各个层次、领域和区域相互接触、相互渗透、相互协作的无尽的组合的例子,在弗洛伊德所说

---

① 此处为英文,意为：妈妈们的体面临产(596)。

② 作者根据英文"妈妈们的体面临产",将发音相近的法语单词排列在一起所制造的文字游戏。

的"基础语言"中,不断产生新的版本,其需求、兴趣、情感、积淀,均铭刻在母体中——症状的痕迹、文化的再操控——由每一段单独的故事以及所有的故事和历史在一个跨无意识的网络中产生、再加工、变形、重新启动。语言:质料与形式。质料,是用来加工,以及投入工作的。

如果说"构成事物的质料类似母体的支撑",那么,将自己与质料分离,就是在自己身上孕育母体。需要从另一个角度重新思考年轻人的教育①问题。

——对琼斯的悬置——作为质料的主人。

玛奇在另一幕中回到了我们身边,她不再是来自无意识深处的人,而是——来自亚洲,她最终从那里走来,作为 B 和 C 的补充。在她的"典型的"被动性被错误地看待之后,她不再作为一个一直等待,等待爱情,以梦想为食粮的人出现,而是作为一个被期待的人,一个主动的人,一个到来并改变了一切的人,一个爱、触摸、有诱惑力的人,一个让他们觉得有

---

① 原文为"éducacation",是对教育(éducation)一词的戏拟,包含 caca(屎)一词。

神秘感、使他们沮丧的人。克娄巴特拉式的人物。

玛奇以一种奇特的方式使由 B 和 C 构成的三角形完成并闭合。她使另一个人加入其中,这个人——A,并不是她:正是由于 A 的存在,并在 A 与安东尼(Antoine)共谋下,她才确保了这种联系,并实现了"何量与古老的此量"(596)。正如我们已经看到的,一个人站起来,需要不少于三个人的努力。

她将他们联系在一起——三个儿子才能组成一个父亲。或者两个儿子加上 A。她使 B/C/A 复杂化,与 A 一起变化,她甚至处于边缘地位。而正是她,作为克娄巴特拉,掌握着父亲的钥匙。当 M 是玛奇女王时,她会进行所有她能激发出的操作。

这很复杂!文本自身不断地谈论自身——那么,让我们来谈谈它:

文本的工作方式是实现编撰、程序设计和乳化的最初的融合。就像人们喂养自己的电脑一样,它会吃,然后还给你它的质料。

人造黄油(Margarine):合成的、植物的,它比**黄油**和**奶酪**更接近"质料",黄油和奶酪是用乳汁加工的,这使它们具有动物性或人性。人造黄油是一种结合物。黄油和奶酪相反,它们是在失去部分原始物质的基础上构成的。这就是男性经济的运作方式。从牛奶到白脱牛奶①。

Margareena she's very fond of Burrus. ② Margarine est le fond même du fondant, du Beurre.③——一种新的对立:固体的、阳性的**黄油**——液体的茶。*a/lick，a/lack*，她舔舐,放开,*Shes velly fond of chee*④——"东亚进口品"(596)的影响:它影响作为味觉器官的舌头,引起语音突变、分离和转换。奶酪被切分,其中一部分变成茶:chee——中国茶;或精神(chi)。

反-黄油,补充,另一种食物。可比较的、相对等的乳状物,是复杂的符号,其本质是历史的影响和隐喻相互交叉、替代。

(谁吃它们? 它们在谁的嘴里融化? 或不融化?)吸收-消化。排泄。历史本身就是消化、叙述和

---

① 原文为"basbleurre",此处参照了英译本的翻译"buttermilk",见 Hélène Cixous, *Volleys of Humanity*: *Essays 1972—2009*, Edinburgh University Press, 2011, p. 70。

② 此处为英文,意为:玛格丽娜她非常喜欢布鲁图。

③ 这里是西苏对上句进行的法文改写,尽管词形相似,但此句在法文中具有了不同的意思:人造奶油是融化物、黄油的基础。

④ 此处为英文,意为:"她非常喜欢奶酪/茶"(596)。

排泄的铭文:*Res Digestae*①。

动物和植物、B 和 C 以及 M 之间的关系是什么?关于《芬尼根的守灵夜》,我们从第一页就知道,父亲倒下了,母亲还在继续。父亲是时间,母亲是空间。当 B 和 C 试图让玛格丽娜说出秘密(mistère)时,他们作为母亲的产物,却与父亲无比接近。他们想了解仿油脂、替代乳液。母亲被"制造"出来了,边缘移动,并去往别处。女性气质:超出了故事。

她利用安东尼将其复杂化,并在同一套男性范式符号之间引入了另一个令人不安的欲望符号。玛奇(不是母亲)或作为历史边缘的女性,使他的故事(His-story)在两极之间摇摆不定,以同一套复数游戏实现并中和了性别对立与差异之间的对抗;隐藏-击碎②了无意识在历史的长眠中玩弄的神话。

她还超出并偏离了作为事件和历史叙事的历史:毕竟,相关的阐释取决于她。如果任凭自己被 M 拖着走,最终就会到达历史代理人的无意识的一边。

---

① 此处为拉丁文,基本意涵为"做过的事情"。它同时也是一个法律术语。

② 隐藏-击碎(cache-casse)与捉迷藏(cache-cache)构成文字游戏。

这并不新鲜。历史不过是妻子-子女争吵的重演。依据口味的不同,这些争吵发生在餐桌上或餐桌下。

但她并没有解释——她是如何将几个故事的元素拆开又连接起来的;以及人造黄油如何将自己重新组合成油的合成物。

布鲁图和卡修斯也是如此,我们了解到,他们在争夺对她的统治——她的统治(miss*tery*①):是由什么构成的?支配的秘密就在于小姐(Miss)与失去(miss)之间的空白。

这个年轻女孩的**性别过错**也是一种失败,是将男性主人送回他自己身边的界限之名。她便是主人们的女主人。

A cleo/patrician in her own right she at one②

她的女王一般的力量掌控了诱惑

complicates the position while BC are contending for her miss*tery* by

---

① 乔伊斯发明的一个合成词,具有"统治""奥秘""情妇"三种意涵。

② 此处为英文,上文出现过这句话,意为:凭自己能力的克娄巴特拉式的女子(596)。

implicating herself with an elusive Antonius *miss*[①]

mastery

mystery

mastérisque

a wop who would appear to hug（1916年登陆美国的地中海移民）a personal interest in refined chees af all chades [②]

she's　　*shades*

teas　　*trades*

就在B和C为获得她的统治争得面红耳赤的时候,我们的克娄巴特拉突然把自己和一个含糊其辞的安东尼牵扯在一起,这个"意大利佬"主张多配偶制,粗鲁得像乡巴佬(596),从事着反社会规范的艺术(596)。A和M都是情绪矛盾的装疯者,是外国佬,拥有多重性格、血统和行为。因此,安东尼通过克娄巴特拉进入了这个复合体,他像她一样来自别

---

① 此处为英文,意为:当B和C争夺她的统治(奥秘/情妇)的时候,她通过把自己与一位躲躲藏藏的安东尼搅在一起,立刻把局势弄得非常复杂(596)。

② 此处为英文,意为:安东尼是一个意大利佬,他会显出对形形色色的精制奶酪有个人兴趣(596)。

处——西方人所谓的"别处",同时,他们也具有艺术的"天性"。他以她为榜样。他是对立面的混合物,是身份的矿藏,是表象的集合,是他者本身,他模仿对非男性的经济学(l'économie des nonhommes)的完成。他本身就是男性的存在(paerêtre)。她是附加物的附加物。她的统治的一部分。

Échec et miss[①]? 就像每一位女主人一样,她也是仆人:正是她的神秘(misstère)——她的阳刚之气与她的神秘(mystérie)——促使文字被书写,促使生命不断产生象征性的替代物,不断注入新的能量,阳性的、超父系化学的(hypèrechimique,人、无人、预言家的混合体,或者说:人如何拥有权力)管家管理(l'économantarchie,596)。因为她,多亏她,以便逃离她,捕获她,夺取每个人的一部分,跨越、超出每一个伪存在(pseudotout),使其走向无穷,无论法则的主体是谁,即使是最天真的、不识字的人,即使是分不清"b"和"p"——benis 和 penis、bombe 和 pomme 的人,也会试图看清在他头顶上方写着的东西,银河,恩典的边缘——

---

① 分别为"失败"的法文和英文。

在试着以这种方式看清这东西上,他们都同意。他们都同意被她的神秘(mystère)所折服。

如何阻止玛奇前进的步伐?

答案:Misstery——

她有自己的**神秘**(Misstère),她就是如此,是唯一有能力是其所是的人,她自给自足,不需要任何东西。守护自己。

她总是已经走得更远了,她把乳白色的雄性动物引向 历史 的转移;她是他们的"视觉意志"(vouloir-voir)之谜:一切尽在视觉符号中,而非言语中。琼斯说话;她出现。她不是象征,她本身就是服装和性支付组成的矛盾结构。

M 引导我们将玛奇的地位与文本的总体运行联系起来:在边缘与不可能在 *misstery* 中停止的多义性之间(事实在于,从 *mysstery* 中溢出,从空白到 m,从 m 到整体,都是无法控制的),存在着一种亲和力:M 所说的及其剩余、续篇和溢出也是文本——不是镜像的或模仿性逻辑的内省,不只是模仿。它是文本,像 M 一样,像我们离不开的东西。这就是女性气质。《芬尼根的守灵夜》文本的女性气质,与女性气质一样神秘的文本。无法占据。这就是琼斯试图隐秘地描述的,限定的。

人造黄油,或任何能够使主人神秘化的符号,是《芬尼根的守灵夜》中的女性之谜①的另一个名称,它的文本在提问——对谁?——我在哪里享欲?不是为了特权、边缘、神秘,而是为了在其中看到文本无休止的工作,在扦插,自我繁殖,重新开花。

这种写作表达出的东西在它自身之外,就像击垮经济的事物。

乔伊斯想要"表明"的是,如果存在某种表明的话,那就是在所有这些故事——家族历史、家庭的历史、文化的历史、包括精神分析在内的符号系统的历史——与这种倾吐之间,存在着一种本质的关系:

如果文本不是按照这样的方式被写出,这些故事……就不会被写出来;正是因为在语言中发生了这样的事情,这些故事才会发生。

这种扩散(missémination②)并没有表现出家族

---

① 原文为"mystère gynéral",gynéral 是西苏创造的词语,词缀"gyne"表示女性之意,与 général(普遍的)谐音。

② 为西苏将传播(dissémination)一词的前缀改为"mis"所形成的自造词。

的故事；而是和家庭的故事是同一回事。同样的(La Même)。

首先,同样的语言被用来交流思想欲望(idésirs)和召唤性伴侣;其次(sensuite),同样的兴趣,不同的是作为性活动的等价物和替代物的文化作品。声音、m、词语从一种意义中分离出来,附着在另一种意义上,再次分离,重新回归……不断穿梭,没有开头也没有结尾。

就好像它们被写出来是为了让文本的乳液(émulsion textuelle)抓住,也是为了让它……运转。不要被抓住:永远不要在这里,而是要在那里,在更远的地方。远离此地——这就是"终点",乔伊斯式运动的目标。它必须在(乔伊斯)未被认为是任何人的情况下进行,除非他是被当作……

> 第一版发表于《诗学》,第 26 期,
> 瑟伊出版社,1976 年

享乐的约束/原则[①]或迷失的悖论(1983)

[①] 原文为"freincipe",是西苏创造的词,包含"frein(约束)"一词,与 principe(原则)谐音。

如果说,在构成《芬尼根的守灵夜》的亿万个"原子般的"主题中,我情不自禁地抓住了"凤凰"的主题,那是因为它出现在了《一个青年艺术家的画像》①的开头,与罪的主题有着千丝万缕的关联。

《一个青年艺术家的画像》讲述了艺术家斯蒂芬·代达勒斯(Stephen Dedalus)的成长。小说差不多是以这样的方式开始的:"从前有一只奇怪的小鸟……"正是这只奇怪的小鸟——一只杜谷鸟(也就是一只布谷鸟——发音不准确),将会变成会代达勒斯,飞翔的艺术家,一只奇怪的鸟。因此,小说的开

---

① 《一个青年艺术家的画像》是乔伊斯创作的一部成长小说,具有强烈的自传性。

头就像一个奇幻的童话/凤凰故事①。这个故事生下了第一个蛋,短短两页纸的场景。这两页纸是詹姆斯·乔伊斯包括《芬尼根的守灵夜》在内的全部作品的雏形。《一个青年艺术家的画像》的开篇展现了一个古老的场景,一个命运的场景,在这个场景中,注定成为艺术家的那个人接受了**规则**的考验。这个古老场景的第一幕千篇一律,就像第一本书中夏娃所遭遇的那一幕②:这是一个是否获取知识的问题。这里有**苹果**;这里有**苹果**的秘密。然后是**规则**。世界上的第一个女人打破了禁令,她所发现的,是**苹果**的秘密,也就是苹果里面的秘密:它的美味和它的魔力——快感和知识同时进入她的口中。苹果里面有什么?不是死亡。而是香味。

那么艺术家呢?作为夏娃的后裔,他打破禁令之后发现的是**诗歌**③的秘密。同样是藏在里面的事

---

① 原文为"conte de fée/nix",法语中 conte de fée 是童话的意思,这里的 fée/nix 与凤凰(phenix)发音相同。

② 原文为"(s) cène",场景/圣餐。

③ 作者注:pome 是乔伊斯的说法。Pome 可以说是 le fruit-poème(诗歌的果实)。正如乔伊斯诗集的名称《一分钱一枚的果子》(*Pomes Penyeach*)所表示的。

物。藏在水果这个词语之内。这是他在第一个学习场景中将要掌握的令人愉快的隐秘的禁忌,它将引发《一个青年艺术家的画像》中其他所有的宗教启蒙场景,最终引发构成《芬尼根的守灵夜》的一系列审判场景。

第一个场景类似于某个我们在梦中接受考验的场景,或者说类似圣杯故事中的帕西瓦尔①在佩舍尔国王(le Roi-Pêcheur)的国度所经历的冒险。这些场景令人不安,因为考验是在我们一无所知时发生的,我们甚至不知道它是哪方面的考验:它总是发生在我们感到愉悦的时刻;突然之间,严厉的惩罚降临了,因为我们做了不该做的事,抑或我们没有做好我们应该做的事,但那又是什么事情呢?归根到底,任何人都不能推托于了解或不了解**规则**。我们应该绝对地、无条件地遵守**规则**。这就是**规则**——卡夫卡曾经描绘过的规则:这幅无形的画像令世人感到震惊②。如果你不遵守无形的**规则**,必将遭遇无法逃脱

---

① 帕西瓦尔(Perceval)是亚瑟王的圆桌骑士之一,因寻找圣杯而著名。

② 作者注:寓言《在法的门前》(*Vor dem Gesetz*)。(《在法的门前》是卡夫卡的小说《审判》中提到的故事——译者注)

的打击。即使你此刻还不能无条件地服从,将来也会如此;这就是小斯蒂芬将要面对的。

那么,一开始就有**规则**,有难以理解的**话语**。说出的词语中隐藏着威胁:"你—不可以—否则。"孩子与文字相遇的结果是什么?一场游戏。**规则**的游戏。文字的小游戏最终生成了《芬尼根的守灵夜》这一场巨大的**文字游戏**。

这就是乔伊斯用小斯蒂芬的语言在这部乔伊斯的"创世纪"的第二页以自由间接引语的方式向我们讲述的最初的谜团:

> 万斯家住在七号。他们也有自己的爸爸妈妈。他们是艾琳的爸爸妈妈。等他们长大了,他就要娶艾琳为妻。他们躲到桌子底下。妈妈说:
> ——哦,斯蒂芬会认错的。
> 丹蒂说:
> ——哦,如果不认错,山鹰就会飞过来啄他的眼睛。

"啄他的眼睛,

> 快认错,
>
> 快认错,
>
> 啄他的眼睛,
>
> 快认错,
>
> 啄他的眼睛,
>
> 啄他的眼睛,
>
> 快认错。"①

在这里,《芬尼根的守灵夜》中的所有元素都已存在:

首先是万斯家族,这个家族因语法的优美而形成了乱伦的结构②;在这个家族中,父母既是自己的子女,也是自己的父母。就像《芬尼根的守灵夜》中一样,壹耳微蚵家族,父亲—两个儿子—女儿—母亲,不断地通婚、交融、孕育。

---

① 译文见中译本《一个青年艺术家的画像》,詹姆斯·乔伊斯著,辛彩娜译,中信出版集团,2021年,第3页。
② 此处的"乱伦结构"指的是前文中应用了自由间接引语的引文,这段引文以儿语的口吻至少造成了以下三项歧义:a)以"他们有一儿一女"的句式描述万斯的父母,使得这对父母像是儿女;b)万斯的父母即是艾琳的父母;c)这对父母将会长大。

其次,一种**罪**的模式,一种纯洁、珍贵的罪:一种我们在天真无邪时犯下的罪。艺术创作的起因。它是什么?我们并不比孩子知道的更多。是藏在桌子下面?是因为要做游戏?还是出于内疚或恐惧?内疚什么?害怕什么?起初在桌子下面。然后有规则。还有切除器官的威胁。永远没有错。

然而,令人意想不到的是,作品却来自以一种奇特的方式被听到的**规则**本身。

最后,艺术的典范出现了。目昏耳聪的艺术家诞生了。这个艺术家感兴趣的不是文字的含义,而是文字在语音上所包含的内容。**规则**并不重要,只要好听就可以。它咆哮道:快认错!?多么幸运!孩子为这个奇怪的单词写了一首有趣的小诗。单词里有什么?一座声音的宝库。这已经是《尤利西斯》提出的问题了[①]。也是《芬尼根的守灵夜》的全部答案。

什么是艺术家?就是"有能力"玩弄语言的幸运

[①] 作者注:"名字里面有什么?斯蒂芬问道。他仔细玩味着专有名词中蕴含的意义,比如,威廉·莎士比亚(William Shakespeare)、安·海瑟薇(Ann Hathaway),以及斯蒂芬·代达勒斯(Stephen Dedalus)。"出自《尤利西斯》中的章节——《斯库拉与卡律布狄斯》(Scylla and Charybdis)。

儿,换句话说,就是有罪的幸运儿。(在乔伊斯那里,"有罪的"和"有能力的"①是同义词。)他是符号的窃贼;是狡黠的**规则**爱好者,原因在于他喜欢规则的噪音。对乔伊斯来说,这个故事的寓意是,**规则**有必要存在——用它来创造音乐。艺术家需要**规则**,以用**规则**来愚弄**规则**。我们在"规则之外"(hors-la-loi)依然要"触摸规则"(frôle-la-loi)。

在那里,我们将了解到艺术家必须倒下,才能从灰烬中重新站立:"杜谷鸟"将孕育出伊卡洛斯②,一个长着羽毛的男孩,一只失败的鸟儿,在坠落后又重新起飞。代达勒斯也将孕育出闪③——一个长着羽毛的人,一个被《芬尼根的守灵夜》判刑的人,刚孵化出来就被指控,已经准备好重新开始——在同一个**"另一个巢穴"(Autre Fait-nid)** 中创作。

---

① 法语分别为:coupable,capable。
② 在奥维德的《变形记》中,伊卡洛斯在与父亲借助黄蜡黏合的羽翼逃离克里特岛时,不顾父亲劝诫,飞得太高,致使太阳熔化了黄蜡,坠海而死。
③ 在《芬尼根的守灵夜》中,闪(Shem)是男主角 HCE 的儿子。

《芬尼根的守灵夜》中的失乐园/享欲悖论[①]

《芬尼根的守灵夜》是文学的凤凰,是**悖论的天堂**,在这里,失去意味着得到,不存在的事物得以存在——所有不存在的事物正在诞生。它是天堂鸟/滑稽模仿之鸟(parody's bird, 40)的理想巢穴,这些鸟是寄居于文本中的嘲弄之鸟,它们的巢穴有时也被称为凤凰罐(Phoenixcan)、凤凰箱(boîte à Phénix),是凤凰随时可以从凤凰图层(niveau graphicophoenique)上起飞的地方。

我选择了三种与凤凰相关联的模式来探寻这部作品无尽的主题,分别是:爱尔兰历史层面、神话层面和语言层面。

这一选择纯粹是出于实际情况,正如我们所知道的,在《芬尼根的守灵夜》中,语法的界限发生了改

[①] 作者注:"Paradox Lust"这一表达来自于我对英语词汇的戏拟;暗指弥尔顿(John Milton)的史诗《失乐园》(*Paradise Lost*)——法文为:*Paradis Perdu*。这里从 Lost(perdu, 失去)走向了 Lust(jouissance, 享欲)。Paradox Lust 将享欲的悖论与在失乐园中寻得的快感融为一体,所谓悖论,存在于失去与享欲的交错中。

变,语言代码不断增多,每时每刻都充斥着多重含义与悖论的干扰:萃取出的是废墟,巢穴落下/巢穴成为坟墓(le nid tombe / le nid est tombe),坟墓成为家园——甚至父亲最终可能成为大海①……

最初的公园

正是在都柏林的凤凰公园,父亲 H. C. 壹耳微蚵生平第一次堕落,这个勃起困难者在做某件不为人所知的事情(on-ne-sait-quoi)时被撞见。

凤凰公园是都柏林著名的公园,1883 年 5 月,这里发生了一起暗杀英国总督未遂的事件,两人丧生。这次事件造成了悲剧性的政治影响,特别是对帕内尔(Charles Stewart Parnell)的命运造成了影响,帕内尔是爱尔兰人崇拜的"无冕之王",后来又被爱尔兰人所唾弃。1887 年,《泰晤士报》发表了一封信,据说是帕内尔签署的,信中批准了谋杀。事实上,这封信是伪造的,出自一个叫皮戈特(Piggott)的人之手。两年后,皮戈特的真面目被揭开,这要归功于一个惊人的细节:伪造者犯了一些非常个人化的

---

① 法语中,大海(mer)与母亲(mère)是同音词。

拼写错误！他将"hesitancy"①多写了一个 t！多么幸运的错误！这一特征②太明显了！这个错误在当时挽救了帕内尔的名誉,后来也给乔伊斯带来了乐趣。在《芬尼根的守灵夜》中,它使得很多篇章熠熠生辉。就是这一封信,这些字母,使整个爱尔兰革命经过了凤凰公园:这是字母的巢穴,是帕内尔堕落和被救赎的地方。后来,在这个公园,H. C. 壹耳微蚵——乔伊斯以戏谑的手法捏造出的继任者,在这里倒下,又重新站起——不过,有一些字面上的区别:事实上,在凤凰公园(Phornix Park, 294)里,我们的大地之父(parterrefamilias)很可能恶毒-庄重(vicieuroyalement)地与两个女孩发生了性关系——也可能什么都没有发生,只是一些幻觉,就像在所有公园都会流传的闲言碎语。我们不是在"都柏林,爱登堡厕所"(246)里吗？第一座城市,第一个垃圾场？

凤凰公园实际上既是一个垃圾场,也是一个伊甸园,在这里,我们无数的 H. C. 壹耳微蚵,同时是

---

① 英文,意为:犹豫。
② 此处西苏将"signature"故意错写为"signatture"。

阿达曼特①和他的对立面,在幸福和快乐中堕落,遵循着自相矛盾的逻辑,这些逻辑构成了乔伊斯的混沌宇宙(chaosmos):如果他没有堕落,他就不会重生,一旦重生,就意味着他将犯下严重的罪行。

在这里,我们发现了奥古斯丁式的主题——*felix culpa*,即幸运的过错,也就是原罪:亚当必须堕落,才能促成救世主的降临。儿子的罪行产生了良好的后果,也就是说,From Sin to Son②,是对文本的影射,因为在某些语言中,只要改变一个字母就足以犯下或抹去一个错误。需要犯错吗?不要紧,即使是错误,也可能从严重的罪恶变成普通的笔误。

从凤凰公园望去,**错误**在这里改变了方向,尤其是通过与凤凰(Phoenix)交叉,无限放大。在富有魔力的笔触下,Felix Culpa 变成了 Foenix Culprit③,成

---

① Ardamant 与 ardemment(热烈地)为同音词。

② 作者注:"And that was how framm Sin fromm Son, acity arose..."(见《芬尼根的守灵夜》)也就是说,"这座城市就这样从一个虔诚之子虔诚的罪恶中矗立起来";或者说,"这些城市就这样勉勉强强矗立起来……"

③ 作者注:Foenix Culprit 中 foenix 与 Phenix, Felix, 以及 Fait-Nichts 谐音。Nichts 在德语中是"无"的意思,Fait/nix 意为什么也没做(un fait rien);Culprit(英语,罪犯)什么也没做。还有什么比"什么也没做的罪犯"更矛盾呢?

为了不灭的凤凰；从第一个必要的错误中诞生了无数的错误，这些错误写就了《芬尼根的守灵夜》这封凤凰涅槃的书信——这桩罪过，这杯蕴含着仙迹的灰烬。

哦，偶然的命运（626）！事实上，幸运的**不幸**，这个主角来得刚刚好。哦。无辜的罪人，在公园里，他做过，又没做过，做过，又否认自己做过，既是敌人（foe），又是水泽仙女（nix），并且从未停止这么做（n'en phénit pas de faire）。动物，有时作为疯狂的"滑稽演员"（100）——faune-nieur，有时作为芬尼根（Faunagon）①。

在不同的语言（英语、法语或德语）中，Foenix Culprit，也可以被解读为因阅读这个词而获罪，人类的敌人（foe），也可以被解读为无所作为、无所事事、什么都没做的罪人。

人们可能永远都无法走出这座被施过魔法的公园，除非在弗洛伊德-乔伊斯式的荣格弗洛伊德谎言

---

① 根据戴从容尚未出版的译本，这个词也可能指 Faunus，即罗马神话中潘神的随从，畜牧和农林之神。

之书①的 unheimlich② 译文中重新找到自己。

这是因为,凤凰公园是一个剧场,在这里,同样的一幕(cène)可以同时拥有一百种破译的方法:亚当和夏娃的花园聚会(Garden-Party)可以是耶稣在马槽里的花园宴会(Goddinpotty,220)、圣杯里的圣餐(Potée divine),也可以是耶稣的盛宴(Eurékaristie③)。这个剧场被称为"无辜者剧场"(Feeatre of the Innocident,220),用芬尼根式的语言或法语来说就是:**剧场**是它的**魔鬼**。不仅如此,在 Goddinpotty 这个词中,我们难道没有发现我们的凤凰正在它的巢穴中忍受灼烧吗?

经济鸟(L'oiseau échonomique)

——凤凰家族:在乔伊斯的**这部书**中,壹耳微蚵

---

① 作者注:即 Jungfrauds messongebook,其中,Jungfrauds 可以指荣格(Jung)和弗洛伊德(Freud),也可以指荣格与欺诈(Fraude);Messonge book 可以是我的梦之书(messonges),谎言之书(mensonges),以及弥撒经文(messes)……

② Unheimlich 为德语词,出自弗洛伊德的《论"令人害怕的"东西》(*Das Unheimliche*,1919),指寻常事物中蕴含的令人不安的感觉,也有"巨大""非常"之意。

③ 由 le régal christ 三个词语构成的谐音词。

家族是主要人物。几乎没有比凤凰及其自我延续的神话更能表现出这个家族的结构了。

我们知道,这种鸟在世界上既是独一无二的,又不是独一无二的。它不断地从灰烬中诞生,既是自己的父亲,也是自己的儿子,甚至还不仅如此。在五百年或一万五千年的轮回结束时,它任凭自己被一缕阳光灼伤,化为灰烬,进而重生,开始下一个轮回。那么,母亲呢?她似乎被压抑了。除非她自己就是灰烬?是家庭?

在这种情况下,凤凰也是自己的巢穴,自己的母亲,既是蛋,也是鸡,为了孵出自己而成为了鸡,并为自己筑窝,成为了筑窝的蛋,也就是 l'euphénid[①],它便是自己的家族。

乱伦的壹耳微蚵家族也是如此,五位成员破壳而出、争吵、拥抱、产生分歧、彼此争斗、相爱、衰弱、消逝,在纷乱的主题中彼此承袭,合并在一起,就做出了许多煎蛋。儿子们成了父亲,事实上作为"sons"(英文,儿子),他们已经"sont"(法文,是)了;父亲往往比公鸡更能制造蛋壳,母亲则是将碎片拼

[①] 即鸡蛋/窝(l'oeuf /nid),与凤凰(le phénix)谐音。

接起来的人。

因为即使在鸡蛋里,也有性别和角色之分。所有这些相似性在家庭中制造了很多闹剧。特别是每次主人的葬礼:根据自生鸟的逻辑,人只有在出生前才停止存在。为了鸡蛋,人们重塑了凤凰:"当爷爷倒下时,奶奶(grain-mère)笑着摆好桌子"。庆典仍在继续。当一切结束时,就意味着开始成为凤凰①。

这个家庭一直以来就像一个公共集市。越是疯狂,越是开心。这就是我们在《芬尼根的守灵夜》中所说的"Funforall"②:犹豫和庄重的混合体,人们不知道自己是在喝**啤酒**,还是在**祈祷**中被装进了啤酒罐③。

这就是家庭的庆祝方式,也是**世界**的庆祝方式:如果说父亲和他遭遇的意外是**时间**,那么母亲就是**空间**和**物种**。

——至于这本书,这只吉祥鸟是完美的主题(Touthème):书本身就是它自己的作者(nauteur)、

---

① 原文为 Phinix,与 fini(结束)、phénix(凤凰)谐音。

② 参照尚未出版的戴从容译本,funforall,即 fun for all(所有人的乐趣)或 funeral(葬礼)。

③ 法语中啤酒为 bière,祈祷为 prière。

它的阅读、它自己的家庭、它的生产-消费循环,包括它的内部批评。作为凤凰,书只有在重新开始时才会结束。事实上,它并没有"开始",因为从第一行起,它就在继续。《芬尼根的守灵夜》是一种续写。当我们翻开这本书时,眼前浮现出那句著名的句子,宣告了它自身的结构:

> 河水奔流,流过夏娃和亚当之家,从起伏的海岸,到凹进的港湾,又沿着宽阔回环的维柯路,将我们带回到霍斯堡和郊外。[1]

这是一个句子。但它更像一条语言之河,在这本书开始之前已经在流淌,它没有支流,穿过书页,进入文本,渐渐涌出,直到在最后一页泪流满面地重新出现……

这是一本流动的书,滚滚前行。它的环形叙事在形式上(如果不是在哲学上)急迫地呼应了维柯[2]在十八世纪阐述的历史循环论。根据维柯的循环

---

[1] 见中译本第 2 页。

[2] G. B. 维柯(Giovanni Battista Vico,1668—1744),意大利哲学家、语言学家、法学家,在《新科学》中提出了历史循环论。

论，人类经历了神的时代、英雄的时代、人的时代，最终进入一种复归（Ricorso），阴郁、混乱，新的一天的黄昏。

对于这颗**伟大的蛋**（grand Œuf）而言，维柯并非它唯一的教父。乔尔丹诺·布鲁诺①炽热的骨灰遍布全文，这不足为奇。1600 年，他在罗马被烧死，在乔伊斯的心中，这位异教徒如此珍贵。无论是从他的命运，还是他的哲学（关于对立面的调和）来看，他都属于那个不断重新开始的物种。

意义（S'ignifiants）之巢：从火花到 Sphoenish②

因其命运没有终点的终点，因其灰烬下蕴藏的火焰，凤凰成为作品中光明的隐喻，它位于意义的核心。**写作拨弄起火苗。**词语碎片横飞，仿佛在火光中相互点燃，在无数炽热的意义③中消失又重现。"词语"——总是有几个词语——在被说出时投射出

---

① 乔尔丹诺·布鲁诺（Giordano Bruno，1548—1600），意大利思想家、自然科学家、哲学家和文学家，因宣传日心说被罗马教会烧死。
② Sphoenish 由 sphinx（狮身人面像）与 phénix（凤凰）的变体构成。
③ 原文为"incandes/sens"，与 incandescence（炽热）谐音。

隐含着意义的火花,点燃了其他火苗。凤凰这一符号本身散落成无数符号,几乎随处可见。破碎、散落、复归,与其他符号混合在一起,变成了 phoenish, phoenis, phaynix, finixed, phenician, fornix, fortnichts,继而又变成 pénis, nuit, Phénicie, finnois 等等。

然而,由于我无法穷尽与凤凰相关联的符号——除非我把《芬尼根的守灵夜》全部写在纸上,所以我将在它最美的再现中选择其一:凤凰与狮身人面像的结合。在第四百七十三页,能指的结合表现为 Erébie(Erèbe 和 Arabie 的结合①),维柯所说的英雄时代的结束,黎明时分,我们的凤凰一半是公鸡,一半是光明使者路西法。在司芬克斯的影响下,它做好了准备,即将从黑暗中跃出火堆,奔向太阳。

"我们自己的凤凰火花不久也会喷出他的火葬,朝着太阳猁獗的火焰大步前进。"②

---

① Erèbe,意为:厄瑞玻斯(希腊神话中黑暗的化身)。Arabie,意为:阿拉伯。

② 译文参照了戴从容翻译的《芬尼根的守灵夜》尚未出版的部分。

从柴堆上,同时也是从它的对面,教堂的尖顶,我们永恒的火花将从这个公园和它的谜团中冲出,跃上一缕光,到达/重新到达太阳的所在。

《芬尼根的守灵夜》,一本一直在/重新在形成的书

《芬尼根的守灵夜》是一本长夜之书。这是乔伊斯写给自己的一封**幽暗**的信;他的信总是会被偷走,会丢失,然后被重新寄出,返给发件人,他自己是最后一个,也是第一个收件人,是唯一的理想读者。《芬尼根的守灵夜》这封信是由某种语言写成的,这种语言包含着一百种语言,它不停地被翻译—被质疑—被控诉(s'axcuser),被认为是疯狂的,充斥着错误的表述和滥用的符号。它警告作者"紧随黑船"①的危险,紧随黑羊的危险:"You'll have loss of fame

---

① 原文为 blackshape(黑色的形状)与 black ship(黑船)、black sheep(黑羊)谐音。

from Wimmegame's fake"[①]。

《芬尼根的守灵夜》完成后,乔伊斯就去世了。事实上,《芬尼根的守灵夜》仍在酝酿之中。有人说,如果作者写完这本书还活着,他会写出一本白日之书。然而,经过十七年的**工作**,乔伊斯不是已经成为最后的凤凰了吗?如果人真的会因为写了某些书而死。那么,他们也会从灰烬中回来。

最初刊印于《思考的时刻》
伽利玛出版社,1983 年

[①] 此处为英文,意为:你会在芬尼根的守灵夜(女人游戏的冒牌货)乐趣多多(丧失名誉)。译文参照了戴从容翻译的《芬尼根的守灵夜》尚未出版的部分。

克拉丽丝·李斯佩克朵的方法(1979)

阅读克拉丽丝·李斯佩克朵
C.L.的激情①

---

① 原文为葡萄牙语:*A Paixao Segundo C. L.*。C.L.是巴西女作家克拉丽丝·李斯佩克朵(Clarice Lispector,1920—1977)的缩写。西苏在这里呼应了李斯佩克朵的长篇小说《G. H. 受难曲》(*A Paixão Segundo G. H.*,1964,也可译为《G. H. 的激情》)。

克拉丽丝·李斯佩克朵:这位女士,与我们生活在同一时代,是巴西人(出生于乌克兰,犹太裔),她给予我们的不是书籍,而是从书籍、叙事和压抑的创作中所拯救的生命。她用写作打开了一扇窗,通过这扇窗,我们学习阅读,进入了一种"可怖"的美好:经由身体,到达自我的另一面。热爱令自恋者感到不悦的生命之真,热爱亦真亦幻的存在,热爱一切的起源,做为人,将兴趣投射向非人,投射在动物和事物之上。

如何"阅读"克拉丽丝·李斯佩克朵?在她的激情中,在克拉丽丝·李斯佩克朵的激情中:写作-一个-女人。当一篇文章从一本书中凸显出来,与我们相遇,进入我们的生活,我们该把"阅读"叫做什么?
Was heisst lesen?①

在《激情》②的开头,克拉丽丝用令人不安又让人安心的措辞警示我们,如果我们即将向前迈进,她会抓住我们,保护我们:

致可能阅读本书的读者

这本书就像其他书一样③,不过,唯有灵魂丰满的人读到它,我才会满足。灵魂丰满的人知道任何事情的发展都是循序渐进、困难重重的——有时甚至可能走上相反的路。这些人,也只有这些人才会渐渐明白,这本书没有剥夺任何人的任何东西。比如,对我来说,G. H. 这个角色会逐渐带给我快乐,这

---

① 此处为德语,意为:阅读是什么?

② 作者注:即《G. H. 受难曲》(*La Passion selon G. H.*)。"selon"在葡萄牙语中为"辅助"的意思。一种激情滋生了另一种激情,G. H. 滋生了 C. L. 的激情,后者则走向了我们,与我们重新完成了一部启示录——G. H.:她使 C. L. 停留在漫长、无情的欢乐中。(passion 一词既有"激情"意,又有"受难"意。——译者)G. H. 或 C. L.:不仅代表缩略词,一旦剥离了完满的自我,就足以指出一种存在,它在这个区域内冒险,至少在这里照亮了陌生的事物,荷尔德林也将在这里停留。

③ 作者注:我要强调这一点。

是一种充满艰辛的快乐:但它就是快乐。

克拉丽丝·李斯佩克朵

荷尔德林①说:"**卑微之物**也可能孕育伟大的开端。"克拉丽丝让我们靠近**卑微之物**,见证开端。

我自由自在地阅读 C. L.,她的激情感染了我,在这股灼热而温润的阅读之流中,我看到了里尔克、海德格尔、德里达②的那些熟悉又陌生的文本,它们在 C. L. 的写作与生活中被阅读、被带走、被回应。

以下是阅读 C. L. 的时刻:在 C. L. 与所有女性的关联中阅读。

此刻,我与 C. L. 在一起,在《激情》的房间中;此刻,我已经在这里,在《生命之流》③的骚动中。

---

① 荷尔德林(Friedrich Hölderlin,1770—1843),德国诗人。
② 里尔克(Rainer Maria Rilke,1875—1926),奥地利诗人。海德格尔(Martin Heidegger,1889—1976),德国哲学家。德里达(Jacques Derrida,1930—2004),法国哲学家。
③ 《生命之流》(*Agua Viva*)是李斯佩克朵的一部小说。

Claricewege[①]

在克拉丽丝·李斯佩克朵的学堂里,我们学会了某种方法,能够从事物中汲取教训。学习召唤和被召唤。学习顺其自然和接受。学习人生的两大课程:缓慢和丑陋。

克拉丽丝的声音为我们指明了道路。恐惧笼罩着我们。它向我们呼唤:"在这里只存在脚下的道路。"它伸出手牵着我们。激动人心的、能够预知未来的恐惧——我们牵着它的手。它引领着我们。我们一起上路。

它将无限给予我们:当下的生活。生命漫长,每一刻都是**此刻**。每一个此刻都是:一个世界,一种生活。生活的全部,包括它的终点、它的疲惫、它的饥渴。它和我们的童年在一起,隐藏在密码、图表和习惯的背后,引导我们去爱——去了解、去注视、去倾

---

① 作者注:按照克拉丽丝的方式思考,我立刻想到了海德格尔和他的《林中路》(Holzwege,林中的小路,通往未知的地方,不断延伸)。因此,我的德语和法语混在了一起。Obst 在德语中是水果的意思,Lesen 是阅读的意思。

听;它隐藏在名字的背后,引导我们去呼唤;它隐藏在思想的背后,引导我们去生活。

它使我们听到事物的呼唤。深植于事物之中的呼唤:它将它们收集起来。克拉丽丝的声音在采摘。它将橙子递给我们。将事物交还给我们。她的声音发出呼唤,橙子做出了回应,月光凝结成果汁,让我们啜饮。

声音-水果(Voix-Obst),让我们朗读:这声音中的词语便是水果。

克拉丽丝读道:"Obst-Lese: lecture lispectorange."①

克拉丽丝注视着:世界出现了。出生的事物再次诞生。然后,采摘。在某种意义上,李斯佩克朵是"*Legere*"的同义词,意思是"阅读"、"采摘"②。海德格尔指出:

---

① "Obst-Lese"为德语,意为"水果-阅读";"lecture"为法语,意思是"阅读";"lispectorange"是一个文字游戏,是由李斯佩克朵(Lispector)与橙子(orange)合成的单词。
② 德语中"阅读"(Lesen)一词来自拉丁语"Legere",同时具有"采摘"的意思。

我们通常所说的阅读，指的是领会并浏览一篇文章、一部作品这一简单的事实。这也是收集文字的过程。如果没有这种收集，也就是说，如果没有收获、丰收（Lese）这层意思，我们将永远无法阅读（lesen）一个单词，即便仔细观察某个词语，也无法理解它的含义。[①]

她说出的话语是花园，我在那里成长。是丛林，猎豹从那里经过。那些语句像猎豹轻盈的脚步。她的声音却喧嚣、狂野。听。它让我们学习"慢"。慢：我们需要漫长的时间去接近、被接近，一切，生命、死亡、时间、事物；生命为了使我们免受伤害所必须接受的时间之慢；我们为了接近事物、他人，为了靠近而不打扰，为了最终到达而必须消耗的时间。

她的方法是政治性的，克拉丽丝的方法：我们必须在彼此之间保留一个生动的空间。保持谦逊、大度的态度，不跳跃，不回避。急于求成会抵消一切。我们生活在一个屏幕思维（pensée-écran）的时代，一

---

① 作者注：出自海德格尔的《什么叫思想》（*Qu'appelle-t-on penser?*）。

个报纸思维(pensée-journal)的时代,这使我们思考那些看似最微小的事情时,没有时间思考它们最鲜活的形式。我们需要的是开放的、为他者留有余地的方法。然而,事实却是我们生活在一个大众传媒的世界里,生活在匆忙、压力和讹诈之下。追求速度便是恐吓的伎俩之一。我们匆匆忙忙,我们不断投入,努力争取。但我们不再了解如何接受。

接受是一门学问。懂得接受是最好的礼物。克拉丽丝通过举例向我们说明如何接受事物带给我们的教训。如果我们知道如何朝着事物的发展方向思考,等待它的召唤,它就会把我们引向一个空间——一个由事物与我们、事物与万物组成的空间。克拉丽丝给我们的启示是:让一些事物帮我们联想起另一些事物,这样我们就不再遗忘,不会遗忘,牢记住另一种无限的事物——也就是生命。克拉丽丝告诉我们要重新掌握时间,不要忘却,不要毁灭。

在看到之前,要知道如何去"看",在理解之前,要知道如何去听,使等待的空间保持开放。用她的语言说,等待就是:*esperar*[①]。

[①] 葡萄牙语,意为:等待。这个词也有"希望"的意思。

开放的是时间:不是为了吸收事物、他者,而是让事物呈现出自身。让它呈现出它的二十四副面孔。

静静地召唤它,请它前来,向它伸出手,词语,*palavra*, *das Wort*①,

Das Wort lässt das Ding als Ding anwesen. Dieses Lassen heisse die Bedingnis. ②

克拉丽丝任其存在③:

为了让春天到来,我们必须知道如何迎接春天:昨天,已经进入了五月,我似乎已经不再知道鲜活的一天是怎样的。翻开克拉丽丝就足够了。透过她去观看:从前没有橙子树,现在有了。以克拉丽丝的方

---

① 分别为葡萄牙语和德语,意为:词语。

② 作者注:见《词语》(*Das Wort*),海德格尔著,收录于《在通向语言的途中》(*Unterwegs wr Sprache*)。(意为:词语使事物成为事物,词语破碎处,无物可存在。——译者)

③ 作者注:她任其存在——它便存在,开始呼吸后的每一个此刻,它都献身于收集/阅读。对德里达在研讨会上提出的"给予时间"的可能性的回答,克拉丽丝给予了时间。所有的欢迎、回应、接受。使给予-接受成为可能。

式,事情自然而然地发生。春天来了。克拉丽丝让我们看见。给予,再给予。继续给予。给予肯定。有了。发生了。我们曾失去的。我们从未拥有的。我们不确定能否拥有的。我们忽略的存在。来了。

克拉丽丝的每一个眼神:无形的、甜蜜的苦役,爱的牵绊。

Clarice be-dingt das Ding zu Ding. ①

为了展现一个女人,为了使一个女人展现自我,所有这一切,克拉丽丝使之发生,她让我们感受、理解。为了使一个女人走向她,靠近她,像她期望的那样,为了使一个女人走出自身,让我们理解她的一切,克拉丽丝打开了一扇窗。一扇美好的窗:

很快,橙子就像鸟儿一样,从我胸口的窗户飞入。

在克拉丽丝的学堂里,我们学会了思考要让他人了解自己,所该知道的所有事情,这样,事物就会按照它们的时间表到达它们自己的位置,而不会由于我们无来由的焦躁而匆匆忙忙、加速出现,不会面对被折磨、驱逐,或是外壳被击碎的风险。

---

① 德语,意为:克拉丽丝让物化为物。

> 我的秘密在于,只让自己成为达到目的的一种手段,而不成为目的,这给了我最狡黠的自由①。

我们必须从事物中学习;我们可以从事物中学到一切。学习如何以克拉丽丝的方式在事物被解释之前就理解它们。她的方式是一扇敞开的窗,紧握灵魂的手,是身处无数生命中,站在每一个生命前,是在所有事物面前轻轻到来,向我们展示。

如何使事物按照克拉丽丝的方式(claricement)到来:走过去、靠近、轻抚、停留、触摸、进入、呈现、给予、获得。将事物复归于事物,第一次将每一件事物都给予我们,每一次将所有事物的第一次还给我们,还给我们被错过的第一次。

Das Wort, das Gebende②:

---

① 作者注:见《蛋与鸡》(*O ovo e a galinha*),出自《效法玫瑰》(*A imitação da Rosa*)。(中文版《蛋与鸡》收录于短篇小说集《隐秘的幸福》中。——译者)
② 作者注:见海德格尔的《语言的本质》,收录于《在通向语言的途中》。(意为:词语,给予者。——译者注)

克拉丽丝在召唤,她的召唤将会找到某件事物,这种事物置身于没有窗的空间里,几乎丧失了存在,游荡在不被注视的场域中,几乎没有面孔,克拉丽丝的召唤将所有的名字赋予它,使它在不曾显现的空间之外颤抖,使它回归自身,聚集起来,开出花朵,使它的心灵更加丰盈,为它染上红晕,匆匆生出第一张脸。成为玫瑰。

    这些名字是她放在空间上的手,带着浓浓的温柔,最终,那张脸露出了微笑,哦,你;它以双唇靠近,微笑着喝下花瓶里的水。

    触碰玫瑰的心,这就是女人的工作方式:触碰事物鲜活的内心,同时被触摸,生活在最靠近它的地方,听从温柔、专注的缓慢来到触碰的地方,慢慢地让自己被玫瑰所吸引,被带走,被吸引到玫瑰丛中,长久地停留在芬芳之地,学习让自己拥有事物最鲜活的部分。

    我们忘记了世界是先于我们的。忘记了事物是如何先于我们的,忘记了在我们将目光投向山之前,它是如何生长的,忘记了植物在我们想到如何为它们命名、如何辨认它们之前,它们的名字是什么,我们忘记了,当我们想要召唤植物时,是它们在召唤我们，在我们面前绽放。

在这个暴力和懒惰的时代，我们无法真正生活在自己的生活中，我们被审视，不得不奋力生活，远离生活的本质，我们失去了天赋，我们不再倾听事物自身的表达，我们解释一切，翻译一切，一切都是阐释和简化，海几乎不复存在，只剩下一个干巴巴的词语，没有一滴水；因为我们也阐释了词语，掏空了它们的意义，使它们干瘪、缩小，成为了标本，它们再也不能让我们想起它们曾经是如何从事物中产生的，如何迸发出笑声。曾经，在欢乐中，它们有自己的名字，在自身名字的芬芳中狂喜；"海"，"海"散发着海藻的气味、盐的气味，我们品尝着无限的挚爱，舔舐陌生的事物，双唇上留着盐的味道。

但是，克拉丽丝的声音就足够了它说：大海，大海。我的躯壳开始破裂，大海在呼唤，大海！呼唤我，水！让我回忆，我走了，去流浪，我还记得它。

为了理解事物的陌生性，你必须将灵魂之光注入每一抹目光中，将外在的光芒与内在的光芒融合在一起。看不见的光晕即将形成，围绕着那些一直被注视的存在。在影像显现之前便看到，为了看到而看到，在眼睛的叙事之前看到，这不是魔法。而是另一种科学！是一门艺术；我们可以通过各种方式，让所有奇特的生命进入我们的周遭，这些方式来自于某个地方，唯有恰到好处的耐心才能抵达那里。

鸡蛋有鸡蛋的耐心，玫瑰有玫瑰的耐心；每一种动物都有每一种动物的耐心；物种有物种的耐心，各种各样的耐心都需要练习，需要发展；有些时候我非常有耐心，有些时候我的耐心还在培养，还有些时候，我的耐心无法凝聚；在我看来，某些克拉丽丝式的人在他们的存在之土上耕耘得如此之深，以至于所有的耐心都在那里绽放。耐心就是助产士。

耐心是一种关注。紧张的、积极的、谨慎的、温暖的、几乎难以察觉的、无法估量的关注，就像微微灼热的目光，按照规律，二十一天、二十一夜，在厨房的窗前。最终，一颗鸡蛋。它们小心翼翼：不做任何事，不躁动，不填充，不替换，不占据空间。让空间安静下来。认真思考。将了解的目光和爱的光线混合起来，投向一张脸。围绕着它，谨慎、信任、专注地询问，与它相协调，注视良久，直到深入其本质。

有时，我们只剩下一种耐心，然后，什么都没有了，我们遗忘，没有给这个世界以生存的养分，我们开始了一切，却没有完成。这个世界没有鲜花、没有动物、没有土壤、没有事物,无聊得要死。

我们需要一切。所有事物:所有时间。一切已经发生的,一切可能发生的。我们需要存在的时间,去接近事物,直到它们靠近我们,我们与它们在一起,在它们面前,奉献自己。

当我们开始思考,时间就形成了。我们害怕我们从未拥有过时间。但时间是有的;它就在下面,数量不可估量,能够满足我们的需要:我们所要做的就是思考、思考、再思考,这样,我们就来到了某一个层面。思考给我们以时间。所有存在,即使最微不足道的事物,都充盈着时间:关键取决于我们的思考。

克拉丽丝认为:首先是一个厨房。那里有一个苹果。克拉丽丝用一种智慧为苹果命名,这种智慧表明了所有的苹果对我们来说意味着什么、包含着什么。与此同时,苹果中蕴含着什么养分。我们全神贯注地看着苹果。于是,就有了这个苹果。

她吸引着所有无名之物,花朵、水果,所有无名之物,未经触碰,尚未被命名,每件事物都有自己的时间,她让它们在那里,在我们面前,而我们也在同一时刻验证了它们存在着,它们已经存在着,以及它们今后仍然在那里存在着。

在厨房里,在所有手写的文本和风景中,在掌心的风景中,在文本句式的窗口中:每个语句都打开了另一个奇迹。

每一个句子:短暂的窗口,凝视:寻得的诗,就在我们面前。

艺术之蛋的实现

所有来自极远之地的事物,所有来自另一个方向,与我们近在咫尺的事物,她都能回忆起来。

她把一枚蛋从很近很近的地方救了回来。然后把它带回到更近的地方。

通常,我们很多年来都不会注意到一枚蛋进入我们的世界,这就是为什么克拉丽丝首先带我们走进的是一所最近的学校——厨房:

让我们发现一枚蛋伟大的奇妙之处,比让我们欣赏一座山需要更多的力气:在关于蛋的第一课中,我们学会了把注意力投向一颗鸡蛋,就像投向一座山那样。通往蛋的道路隐藏在一堆真正的石灰岩之中。

蛋的节日。一个普普通通的节日。谈论蛋几乎是一门日本艺术。需要一种审慎的声音。一种适于每件事的声音。就蛋而言,类似一场杂技表演:扔出一枚蛋、接住它、使它面临破裂的风险、保护它。这种细腻的声音能够环绕每一颗蛋。收集起万物的第一首歌,它们的呼唤没有文字:说"蛋";如同我说"爱";带着惊奇和爱意;沉思。可以凝视一颗蛋的人,也可以凝视一抹微笑。

她以自己的方式呼唤这事物,那一刻,用带着某种色彩的声音,让事件发生;从某个角度凝视一颗蛋,会使它成为一件艺术品,这是有可能的[①]。

事实上,凝视一颗蛋是不可能的,凝视寻常之物。

清晨,在厨房的桌子上,我(克拉丽丝)看到

---

① 作者注:关于这一点,如果有人试图用德里达的语言阐释克拉丽丝的作品,或许会这样表述:作品本身的事件性在于它的肯定性,而不是它的否定性,这种事件性恰恰使作品成为艺术品。一部作品所特有的或主要的属性是它作为事件——事件中的事件——的真实性,通过它,某种以前没有的东西产生并存在着。鸡蛋不再是从前的鸡蛋。"鸡蛋的作品"(l'œufvre,"鸡蛋"与"作品"的合成词——译者注)成为作品,是事件使它成为自身。独一无二、仅此一次的事件保存在"鸡蛋的作品"中,构成了一种真相:作为艺术的鸡蛋。

了那枚蛋①。

这个句子是不可能的。克拉丽丝写下它只是为了在写作的冲击中收回它。

我一看到蛋,便是在三千年前看到了蛋。②

---

① 作者注:海德格尔认为,当先知(Seber)已经看到的时候,他才在真正地看。"当一个人已经看到之际,他才真正地看。看乃是'已经看到'。被看见的东西已经到达,并始终在他面前。一个先知总是已经看到了。因为事先已经有所看到,他才预见。他依据过去看见未来。如果诗人要把先知的看描述为'已经看到',那么他就必须把'先知已经看到了'这回事以过去完成时道说出来,即他过去就已经看到了。先知事先看到了什么呢? 显然只是那种在贯穿其视野的澄明光照之中在场的东西。这种看所看到的东西只能是在无蔽者中在场的东西。"见《阿那克西德之箴言》,收录于海德格尔的《林中路》。(此处引文采用了中文版《林中路》的译文,孙周兴译,商务印书馆,2020年9月,393页。——译者注)

但是,克拉丽丝认为——"我的预言关闭了世界"(《G. H. 受难曲》)——为了"看到"(voir)蛋,应该"不-看"(dé-voir):尽量不要用目光把蛋打碎,不要用目光吞噬(voir-gober)它。而是要等待时机,在那一刻,蛋躲过了所有窥视,开始安静地、无私地、开放地等待,按照自己的方式决定是否诞生。有时,蛋会到来(但也可能发生其他的事情,或者什么都不发生)。

② 引文出自克拉丽丝的短篇小说《蛋与鸡》,文中采用了中文版译文,见《隐秘的幸福》,闵雪飞译,人民文学出版社,2018年,43页。

看？不就一直是看到吗？看本身就是一枚即将破壳的蛋。克拉丽丝教我们超视（survoir）。"我从来不知道如何在看的同时，除了看不去做别的事情。"① 如果不是每时每刻都用文字完成漫长的、充满激情的工作，以到达**看**，我便无法在看的同时写下"我看"：终于在某一天开始"看"一枚蛋，这是一个承诺，是 C. L. 的激情。某一天：将会有蛋，并且"我的眼睛终于与看到的东西融为一体"②。那一天，有了蛋。在那个蛋的日子（jour-œuf）里，我见证了瞬间。

请试着理解此时我在画什么，我在写什么。我来解释一下：在绘画和写作中，我尽力只在看到的那一刻去看——而不是通过对过去某一时刻的记忆去看。这便是瞬间。瞬间的迫近感让我屏住呼吸。瞬间本身是迫近的。我生活在这一刻，意味着我也在飞速地穿越它，奔向另一个瞬间。（《生命之流》）

---

① 作者注：《G. H. 受难曲》。
② 同上。

温暖的夜晚在酝酿:清晨六点,克拉丽丝悄然绽放;醒来时,惊喜降临。房间里充满了激动的情绪,来来去去。醒来时,她做好了准备,一无所知,全神贯注。内心深处,她的灵魂专注在记忆之下、已知之下、已然之后、思想之下、思想之后,走上了惊奇之路。

在思考的背后,我达到了一种境界。我拒绝用语言与人分享——我不能也不愿表达的东西成为我最为隐秘的秘密。我知道,我害怕我不再思考的时刻,那是一种暂时的、难以达到的状态,我也知道,所有秘密都不再耗费我们产生思想的词语。(《生命之流》)

从一种意料之外到另一种意料之外,同时完全惊讶并丝毫不惊讶,儿时的克拉丽丝一路前行,引领我们来到最初的花园,这里生长着各种各样的瞬间。这里是事件的宝库。我们所要做的只有爱,保持爱的警惕,所有的财富都将托付给我们。关键在于保持关注。

克拉丽丝的关注让一切绽放。她的好奇心使匆忙得以平息,时间得以把握,瞬间被延长,变得持久,不曾预料到的生命得以降生。某种**邂逅**就这样发生了:有那么一个房间,房间里有一只蟑螂。这只蟑螂使克拉丽丝陷入了对**生命**的热情。

有一个山洞,夜色弥漫。在山洞里,可以随心所欲,关注一切,当克拉丽丝发出召唤时,马儿会回应她的关注,奔跑起来,它们就像鸟儿从后窗飞进来飞出去一样自由。在克拉丽丝的内心深处,有一种奇妙的专注力——这种专注力是一种神奇的物质。灵魂施展了专注力的魔法。这样的灵魂是由一种极度感性的物质构成的,它非常非常灵敏,容易受到外界的影响,能够捕捉到所有绽放的声音,捕捉到微粒凝结成芳香时轻柔的音乐声。关注每一次新生。有些专注力既脆弱又强大,就像电子视网膜,可以长时间反射,从而揭示浮现在事物表象之下的存在。有些专注力难以捉摸,允许事物在自己的运动中发生或不发生,在它们的名称之前,在我们对猎物的思考之前,在它们的形象之前,在我们埋藏的幻象之前;有些专注力在等待,放弃自己的灵感——为了使一直存在的、沉默的事物听到它自己的声音。沉默其实不曾存在。事物的音乐总是在回响,等待我们用耳朵、用皮肤、用鼻孔、用呼吸,尤其是用胸腔,忠实地聆听它。

专注力还是更像缓缓游动的鱼。不过,克拉丽丝的专注有些大胆,前来见面时仿佛温柔的野兽。

> 我在窥视。焦灼地等待。我意识到自己一直拥有的专注力……归根到底,这也许是我生命中最不可分割的东西,谁知道这种专注力是不是生命本身呢?(《G. H. 受难曲》)

他们颤抖着,感受对方的颤抖。

所以,女人是:女人—和—他者。活生生的、不具人格的整体,无法概括。无法编织故事。但活着。经历着。

克拉丽丝想起了一个星期天。有那么一个星期天。她想到:有一天夜晚;一个苹果,一个苹果在夜里;有只手想要伸向苹果。这时,克拉丽丝的想法中出现了一朵花。这个念头萦绕着她,然后,出现了一朵菊花,我们从未见过的菊花。就这样,我们临时上了一堂关于花的课,并了解到,除了那些被拍摄下的花的名字之外,我们对大多数花一无所知。

效法玫瑰[①]

有一种说出郁金香的方式能够杀死所有郁金香。有一种克拉丽丝的方式可以创造郁金香,从茎部到瞳孔,我看到了真实的郁金香。此外,我发现自己从未见过茉莉花。

有一种看待玫瑰的方式会让所有的玫瑰都变得不可能:一种突然的、盲目的看待玫瑰的方式,使它生出锈病、干枯,直至失去颜色。

从前,我确实忘记了自己有多么爱花,变得非常孤独。后来,我收到了一束看见之花(fleurs-vues)。我不是自己收到这花的,花是模糊的,它存在于我的视野之外。但是,克拉丽丝怀着优雅的敬意注视着它们,渴望深切地了解它们,她将它们照亮。每一朵花清晰地记得这一切,享受着难以察觉的复苏。就这样,它们带着光环,来到我的眼前,它们的目光温润,在我的注视下重新变得挺拔,越来越清晰。懂得

---

① 作者注:《效法玫瑰》(A imitaçao de rosa),克拉丽丝·李斯佩克朵的小说。

如何看花，就意味着懂得如何生活。一束花的光辉照在我的桌子上、我的书本上、我的纸页上，我突然意识到自己置身于花的光辉之中，我知道了，看见之花会在几个小时内发出乳汁般的光芒。更重要的是，被看到的花朵呼唤着别的花朵，我们感到一种冲动，想要奔向字典、田野和温室，那些友谊的化身，伸开双臂向我们走来（因为我们一直知道花是女人，我们都曾感受过一朵、两朵花的存在）。

首先，记住花并不难。因为它们喜欢来这里。它们自然而然地回应邀请。

但是，鲜花的问题是母性的、不可或缺的女人的问题：它们就在那里。她们就这样存在着。

"这是她们的错"：

是马尔特·劳里茨·布里格眼中阿伯珑妮的错。她一直在那里，以至于对马尔特来说，她从未在那里，她为他人付出太多，对他人来说，她一直在，以至于人们忘记了她。

> Abelone war immer da. Das tat ihr grossen Eintrag. […] Abelone war da, und man nutzte sie ab wie man eben konnte. Aber auf einmal

fragte ich mich: Warum ist Abelone da?①

就拿玫瑰花来说吧:从第一秒开始,玫瑰花就抓住了我们。我们似乎很容易以为自己抓住了它。这是因为我们将它握在手中。但如果这样想,我们就错了。正是这朵玫瑰,以一种无比肯定的姿态,以一个胭脂红的玫瑰印记,把自己交给了我们。

克拉丽丝坚持认为:玫瑰在房间里散发着存在的气息。它给别的东西染上玫瑰色。它对自身的存在感到不安,用所有的力量保持其存在,用所有的玫瑰色,为我们创造了玫瑰,她在自己的生命中沉湎于"我—是—玫瑰"。如果我们用慢镜头来观察,就会发现看似静止不动的玫瑰每一秒钟都在爱的方向上盛开,光芒四射。

但海德格尔这样说:

---

① 作者注:见《马尔特·劳里茨·布里格手记》(*Les Cahiers de Malte Laurids Brigge*),里尔克著。"妈妈去世后的那年,我第一次注意到阿伯珑妮。阿伯珑妮一直都在。这甚至是她陷入的最大过错。[……]阿伯珑妮在这里,大家多多少少都会使唤她。但我突然问自己:阿伯珑妮为什么会在这里? 我们每个人出现在这里都有某种理由,即使这些理由并非显而易见,比如奥克斯小姐的作用。但为什么阿伯珑妮总是在这里呢?"

"用"把在场者交到它的在场中,也即交到它的逗留中去。"用"给予在场者以其逗留的份额。逗留者每每被给予的逗留基于裂隙中,此裂隙把双重的不在场(到达和离开)之间的在场者在过渡中接合起来。逗留之裂隙限制和界定着在场者本身。始终逗留着的在场者,即 τα ἐόντα,在界限(πὲρας)内成其本质。[1]

——克拉丽丝与某一朵玫瑰的故事并非偶然。在所有植物中,玫瑰在开花的过程中分享其存在的方式是最打动人的;玫瑰温柔的给予能够帮助我们在今天接受所有存在的给予。玫瑰在表现的同时也在用自己的方式包容,让我们感受到玫瑰中的玫瑰,让我们在绽放中,在分享生命的每一刻中,思考生命诞生的奥秘。在分享中接受。我们充满爱的灵魂从玫瑰中走来。克拉丽丝的玫瑰是给予。玫瑰给予我们的不仅仅是一朵玫瑰?

---

[1] 作者注:海德格尔,《林中路》。(文中采用了中文版《林中路》的译文,孙周兴译,商务印书馆,2020 年 9 月,第 420 页。——译者注)

这朵玫瑰让克拉丽丝摘下,如此美好,它还向她吐露了一个秘密:它的存在向她证明了两个生命之间的结合所产生的力量,她们有着同样的需求:呼唤、回应、获得源泉。为源泉提供源泉。

Diese Rose aus Bewegung。① 天空由一只鸟那里涌现,时光从玫瑰中流逝。玫瑰也给了我们在场的运动。里尔克写了二十四首关于玫瑰的诗。但克拉丽丝将玫瑰无声的呼吸赋予了生命:"现实没有同义词。"

要想到达玫瑰的内心,我们所要做的就是走玫瑰的路,按照它的方式走向它。以这样一种无我的姿态,以这样一种轻盈的姿态接近它,而不去打扰它,以芳香的脚步走进它的芳香,而不去打扰它。现在,房间里有一朵玫瑰。我们生活在被它的到来而开辟的空间里。乌龟呢?

现在,带着同样的背景、同样的温柔、同样的尊重,克拉丽丝可以用乌龟代替玫瑰。但里尔克只能用独角兽或银莲花来代替它。克拉丽丝也可以用蟑螂来代替它。但里尔克不行。克拉丽丝还可以用牡

---

① 德语:这朵流动的玫瑰。

蛎,但里尔克只能用蕾丝。

> 我看见了花瓶里的花。它们来自田野里,不需要种植,天然生长。黄色的花。但我的厨娘说,它们很丑。因为人很难爱上悲惨的东西。我的脑海中隐藏着关于世界的真相。大自然的反逻辑。(《生命之流》)

在克拉丽丝的学堂里,我们学到了最美的一课:关于丑陋的一课:

> 我最终放弃了对所谓好品位做出判断吗?这是我唯一的收获吗?我不再开口,为了让自己今后感到更加自由,因为我不再介意美学上的损失。我不知道我还能得到什么。谁知道呢,也许我会慢慢意识到。就目前而言,我意识到自己已经摆脱了对丑陋的恐惧,这让我第一次感到一种羞怯的欢愉。类似的放弃让我感觉很好。令人愉悦。(《G. H. 受难曲》)

这里有里尔克,也有克拉丽丝。这里只有崇拜、恐惧、限度,以及有限的世界内部空间①:世界—深处—我—里尔克。有藩篱;握住的手、写作、阅读、包容。但也有克拉丽丝、勇敢、没有边际、眩晕,以及"是的":

> 我渴望悬而未决。渴望深邃、有机,但又隐约透露出潜在秩序的无序。潜力蕴含的巨大力量。我的句子断断续续,它们是在被写下的那一刻涌出的,噼啪作响,崭新而青涩。它们意味着某种完成。我想体验结构的缺失。然而,我的文字从头到尾都被一条脆弱的主线贯穿——是哪一条呢?(《生命之流》)

克拉丽丝-冒险。克拉丽丝式的:穿越恐怖,直抵欢乐。克拉丽丝拥有可怕的光辉,敢于直面并不美好的、杂乱无序的现实,敢于直面生命——那种非象征性的、非个人的生命,敢于置身于无我的存在中心,敢于书写没有历史的符号。

---

① 即 Weltinnenraum,是里尔克对宇宙万物和事件之间联系的诗意描述。

敢于、渴望、无边的陈词滥调、贫乏、无限、短暂、每时每刻。不再恐惧,渴望真相,渴望无意义的生存;无限的生存耐力。唯有畏惧本身值得畏惧。前进。不要后退。迷失。唯要警惕谎言。

但对我来说,真相从未有过意义。对我来说,真相毫无意义。这就是为什么我曾经惧怕它,现在仍然惧怕它。我惊慌失措,之所以告诉你这一切,是为了让你把它变成快乐。我跟你说话会吓到你,失去你吗?但如果我不说,我就会迷失自己,迷失了自己,我就会失去你。(《G. H. 受难曲》,第28页)

《G. H. 受难曲》:对在非人的、活的所属中存在的激情,与我们的祖先——古老的巴西大蟑螂(Barata[①])一道。

我达到了高于人类的层面。也可能高于非人——它。

---

① 作者注:Barata,蟑螂,在巴西语中为阴性。

我出于本能不由自主做出的事情不能被描述。

为什么给你写信？我试着描绘香气。

[……]

我为你抄写了一本书，一个不会写作的人写下的一本书。然而，在话语苍白无力的地方，我不知道如何开口。[……]

我按照呼吸的频率给你写信。[……]现在，我去点根香烟。回来的时候，我可能会使用打字机[……]

我回来了。我想到了乌龟。[……]我对它们很感兴趣。所有的生物，除了人类，都是一场奇妙的喧嚣：我们被塑造出来，剩下了很多原材料——它们——成了动物。为什么是乌龟？我写给你的文字，标题可以是这样的，用问句的形式："那么，乌龟呢？"你，读我文章的人会说：没错，我已经很久没有想到过乌龟了。（《生命之流》）

效法乌龟。蟑螂。椅子。鸡蛋。"掌控世界需要很有耐心。我必须等待蚂蚁出现在我面前的那一天。"需要等待足够长的时间来拯救蚂蚁。非常精确、有力、女性化的等待。

那么女性呢?

同样需要等待,需要深刻的思想,需要保持开放,等待那些如此亲近,如此熟悉[①],以至于被遗忘的人,直到有一天,那些从未离开的女性终会出现。

第一版发表于《诗学》,第 40 期,
瑟伊出版社,1979 年

---

① 原文为"femmilier",包含 femme(女性),与 familier(熟悉的)发音相同。

坦克雷德在继续(1983)

我读了《被解放的耶路撒冷》①,读到了迷失的肉体、困惑的肉体、被束缚的肉体。

两个阵营相互争夺爱人的身体。我指的是耶路撒冷。两个阵营,始终如一。今天亦然,一如十字军东征时期,一如在**天国**。

但我感兴趣的并非基督徒与异教徒之间的战争故事,而是另一个故事,一个隐藏在**历史**之下的故事,关于两个生命的故事,作为他者,他们不愿被各自的阵营所束缚,不想赢得战争,而是想赢得生命,

---

① 《被解放的耶路撒冷》(*Jérusalem Délivrée*)是意大利文艺复兴时期的诗人托尔夸多·塔索(Torquato Tasso,1544—1595)创作的叙事长诗。作品以第一次十字军东征为背景,将现实与想象相结合,主题涉及责任、爱情、宗教。

哪怕为此失去生命。吸引我的是爱情故事,也就是他者与他者之他者的故事。不是里纳尔多(Renaud)和阿尔米达(Armide)这一对。而是另外一对——热情洋溢的一对——坦克雷德(Tancrède)和克洛琳达(Clorinde),这对恋人坦率真诚,作为独特的存在,他们拥有超出自身想象的力量。是的,他们双方都能以生命为代价,去热爱真理,去追求爱情,他们超越了各自的力量,到达彼此——最遥远、最靠近的彼此。他们是永恒的他者(toujours-autres),他们敢于**突围**①。他们甚至比托尔夸多·塔索更疯狂、更智慧,在塔索的幻想中,他们比他更自由。更特别。绝对忠实于自己内心的秘密,忠实于自己的存在——超越男性、超越女性的存在。他们勇敢地忽略自己,高贵地不克制自己,谦卑地不压抑自己,他们不相互拒绝,宁肯失去自己,靠近对方。我不知道我该说是"他们",还是"她们"。

让我着迷的是爱的涌动。如同一条清晰的曲线,从一个灵魂到另一个躯体,从一种性别的躯体到

---

① 原文为"Sortie",意为出口、突围,这同时是西苏另一部作品的题目。

另一种性别的躯体,从一个微笑到一个眼神。这是一种优雅的流动(是的,这是优雅的),是一种无关性别的享欲。性别是优雅的,而不是一种法则,是一场舞蹈,从大陆跃向空中。这是一个摆在耶路撒冷面前的问题,**模糊的**,关于爱的奥秘,像是杂技一般:飞翔或坠落!不必迂回,直截了当。这就是为什么它如此简单。是或否——没有中间地带。这就是为什么爱从来不是困难的,除了在表面上。因为"容易"的反面不是"困难":而是不可能。那么,杂技的秘诀就是爱吗?是的,是信任:是融入对方的渴望。杂技演员的身体就是他的灵魂。

这个过程令人眩晕?就像任何一段旅程。思考或探究彼此之间的隔阂毫无意义:深渊总是由我们的恐惧幻想出来的。人们一跃而下,就会得到恩典。杂技演员知道:不要看距离。他们的眼睛、身体,都属于对面,属于他者。

坦克雷德—属于—克洛琳达—属于—坦克雷德。

如果说坦克雷德"迷失"在克洛琳达的爱情中,那么对坦克雷德来说,他的确是"输"了,但对克洛琳达来说,他不仅仅"赢了"[1]:而且终会获得。

我想知道为什么只有坦克雷德能爱上克洛琳达?能一路走到她身边?走出自我,走向他者的方向?

我追随坦克雷德和克洛琳达,穿过森林、战场、种族和宗教战争,越过藩篱、深渊、高墙,跨过文学的体裁,以及其他种种,一直到达罗西尼狂热的歌剧[2]。

于是,我听到坦克雷德乘着**音乐**的飞马向他内心的耶路撒冷奔去,再伴着悠扬的曲调,神奇地回到我们身边……

从塔索到罗西尼,在不同时代之间,在无意识之间,在诗歌的小结和音乐的节拍之间,故事一点点推进:

不再是高贵的克洛琳达——最热情、最可爱、最容易受伤的骑士,而是出现了一个与她实力相当的女人,除了灵魂,她没有其他的甲胄。解除武装的阿

---

[1] 法语中,perdre一词既有"迷失"的意思,也有"输"的意思。
[2] 指意大利音乐家罗西尼(Gioacchino Rossini,1792—1868)创作于1813年的歌剧《坦克雷德》(Tancrède)。

梅娜伊德①从身披盔甲的克洛琳达中走出来,她不受威胁,坚不可摧。作为一个女人,她甚至比克洛琳达更加强大。

坦克雷德呢?我不知道……我听到了他的声音,温柔的声音,愤怒的声音,我听到了高亢的女中音②。一个谜。谜?是的。答案:只有坦克雷德能爱上活在克洛琳达心口的阿梅娜伊德。唯有坦克雷德。

唯有?是的。因为这个坦克雷德可以成为一个坦克雷德(une Tancrède③),这就是罗西尼的感受,我也有同感,但我不知道如何表达。这就是"谜":无法解释,只能聆听。

听。

我说一个坦克雷德(une Tancrède),而不是说一个女人——虽然我可以这么说,但事情没那么简单。

---

① 在罗西尼的《坦克雷德》中,女主角为阿梅娜伊德(Aménaïde)。

② 十九世纪,意大利歌剧中存在女唱男声的情况,罗西尼的《坦克雷德》便是如此。在西苏的叙述中,角色的性别与演员的性别交融在一起,性别的界限由此变得复杂。

③ Une 为法语中的阴性不定冠词,这里的"一个"为阴性的"一个"。

听：罗西尼并没有说，成为主人公坦克雷德，需要一个女声。但他这样做了。

没有解释。只有歌唱。他指定了一副身体，使得男人若要爱上女人——就像坦克雷德爱克洛琳达或阿梅娜伊德一样——那么这副身体必须是一个女人，我指的是坦克雷德。

如果说这令人迷惑，那就太好了。因为如果不是这样，我们就不需要做任何工作了。

我们必须环游世界，环游耶路撒冷，失去记忆，失去知识，才能到达真正的爱的深处，在那里，我们永远不知道什么时候爱，爱上谁，爱上哪一点。坦克雷德爱克洛琳达。坦克雷德不知道，自己的哪一部分爱上了克洛琳达的哪一部分？那个部分，它这一刻是男人，下一秒是女人，但真的是那样吗？

再多说一句，我陷入了混乱：克洛琳达"知道"自己是个"女人"。罗西尼的坦克雷德并不知道(她)是一个坦克雷德(un Tancrède[①])，只有上帝知道；罗西尼也许知道一点——至于我们，我们音乐的身体已

[①] Un 是法语中的阳性不定冠词，这里的"一个"为阳性的"一个"。

经"知道"了,但我们可能将其忽略。

至此,我彻底迷失了。我所能提供给你们的,就是让你们迷失在这个空间里,坦克雷德生活在这里,渴望成为女人。

至于我,我也渴望遇见一个人①,爱上她,直到超越真与假——它们是"现实"的两端、两个终点、两条界限。

我想自由地爱上一个人,包括她所有的秘密。我想爱上她身上所存在的连她自身也不了解的分身。

我的爱将超越一切规则:拒绝评判。拒绝被强加的偏好。这是否意味着违背伦理?不。只不过:没有过错。没有虚假,也没有真实。我想在字里行间,在语言中遇见她。

我想观看《坦克雷德》:富有魔力的嗓音将我带走,它嘶吼、呢喃,远离我,远离我们的周遭,远离歌剧,远离另一侧。

我想在隐秘之地遇见她,在手势、言语、行动的

---

① 一个人(une personne)在法语中为阴性,作者在后文用阴性代词来指代这个人,因此,在后面的译文中也译作"她"。

背后,在某个神秘的地方。她仍旧独自一人,或者再一次形单影只。我并不确定,是的,总是感到陌生,因为只有在社会中,在表象中,一个如此有深度的人才会表现出统一和坚定的一面。但是,当所有人都离开后,她会立刻回到自己的房间,甚至还没来得及换衣服和卸妆,就感到宽慰,投身于某种至关重要的不确定性,她倒在床上,像一道布景,在那里伸个懒腰,又变成了自己不认识的那个人。

我知道,如果我再一次开始说"女人"或"男人",只要这样(就像我曾经做的那样,我们正在做的那样,我们所有人做过的那样,这就是为什么我也这样做),我就无法将这些话从我或她的口中说出来(我们最终不爱我们所爱的人,我们相互欺骗直至不再爱)。关于性别问题,尽管有些困难,我还是想至少试着说一次我想说的话:因为我觉得她(这个人)一定是有意识地把性别问题强加在自己身上,或者至少是暗自遭受着性别问题的折磨:我可以从她一独处就躺在床上的方式中感受到这一点,就像她从别人身上跳出来一样,一边轻吼,一边非常用力地伸着懒腰,然后翻滚到一侧,睡上一会儿。只有做梦的时候,她才抽搐一下,之后,突然去了洗手间。她对着镜子,皱着眉头想,脸上有没有表现出什么,她不知道。还有,夜里,她也听着《坦克雷德》,看着夜幕从窗外升起。

关于"女人"和"男人"的奥秘。它们是指代两个奥秘的专有名词,抑或,其实只有一个奥秘?

我感受到了这一奥秘的真谛:神秘而真实。我觉得它是真实的,但我不会说它是真实的。

然而,音乐家们从未失去对神秘的感知,也就是对真理的吟唱。在一个"男人"体内歌唱的不是他,而是她。他们一直都知道这一点。

但我们,我们这些正在说话的人,我们失去了,失去了。正在失去。

在"奥菲斯"的面孔下忍受痛苦、享受欢乐的是一个女声。

她聆听格鲁克[①]、莫扎特和罗西尼,因为他们也知道那一点。在词语的深渊之上,她生活着,喊出惊恐的喜悦。

---

① 格鲁克(Christoph Willibald Gluck,1714—1787),德国作曲家。

幸运的是,当有人说出"女人"时,即使他知道自己想说什么,也仍然不知道这意味着什么。

我思考,什么是男人,什么是女人,我是什么。这也是她在浴室里所思考的,当我说"一个女人"时,我并不知道,我谈论的一个人,你们是否将她叫做"女人"。

总之,她不是一个女人。而是好多个。就像所有的生命一样,她们有时被纠缠,有时被占据,有时成为他者的化身,她们依赖他者,也给予他者生命。她们对自身并不理解。

那么,我想谈论一个我曾经遇到的人,她感动了我,自己也很受感动,我看到她感动也觉得感动,她感受到我的感动,反过来,也被感动了。那个人是一个她,一个他,一个阳性的她,一个阴性的他,一个ellil,一个ilelle①。我希望被允许说实话,如果她渴望跨越性别,我不想阻止她,我希望他或她这样做,我将跟随她。

一个看起来像"男人"的人,背后却隐藏着一个女人,这该如何表述?一个充满女人味的女人,她的

---

① 由他(il)和她(elle)组成的词语。

心里是否住着另一个人,我不知道,如果没有外表的暗示,没有名字,没有面部的妆容,以及其他的修饰……

再一次听《费德里奥》①。

即使我感觉到了,但我越是想说出来,就越是感到迷茫,无法说出。在表象之下,在隐秘和黑暗之中,我想我肯定已经明白了什么。

我还要说,为了更好地从心里了解这一切,我闭上了眼睛,避免直视她的脸,因为第一眼看上去,她有点像那种完全不女性化的男人,但她能在内心深处缓缓起舞,与大地保持若有若无的爱意,也就是说,有点女……简言之,也有点男……所以……

我清晰地感觉到她,再一次毫无疑问地知道她如此强大,像一个强大的男人,温柔而强大,这个男人像一个强大的女人,强大而温柔……像一个男人,温柔、强大,像一个女人,强大、温柔……

我想说的是,她是无限的。

---

① 《费德里奥》(*Fidelio*)是贝多芬创作的歌剧。剧中有女扮男装的情节。

不是猜测,我只是知道。

在我遇到她——那个我始终没有提及姓名的人之前,我"知道"她也听《坦克雷德》。夜晚,独自一人的时候,透过窗户,看夜色在她面前降临,神圣的夜,披着深蓝色绸缎,闪着金属的光泽,缓缓向她走来,她沉思着,在黑暗中分外耀眼,除了头部,都隐藏在盔甲之下。这是波斯的夜。她看到了它,被它的黑、它的云、它的旋涡所震惊,当她倾听身后从房间深处升起的耀眼的黑暗时,她听到了占据她心灵的声音,那是三十五年前呼唤她、震撼她、叫醒她的大海的声音。

《被解放的耶路撒冷》的第三章持续了两个小时,事实上,故事持续了一天一夜。在这段时间里,坦克雷德和克洛琳达没有相遇,没有见面,时间几乎没有流逝。

但从比索里梅城墙更高的一棵无花果树上俯瞰,这一章可以用这几个表述来概括:

基督教军队向索里梅靠近—克洛琳达战胜基督徒—坦克雷德火速救援—布永准备进攻索里梅。

在此期间—克洛琳达与坦克雷德擦肩而过—在射出的箭中—坦克雷德飞了起来—在字里行间,大地消失了,时间消失了,坦克雷德,克洛琳达,从外面看,他们飞了起来(但飞得不够快,时间中断了,从上面看,他们永远不会相遇)。

不过,在这一章中,上帝给了他们全部的时间,让他们滑向对方,在可能与不可能之间的全部时间里,内心不再有任何不可能,爱不知道什么是不,什么是欲望,什么是文本,什么是无意识,也不知道什么是时间。上帝赐予他们恩典,让他们获得生机,在两性之间……

他们悄然无声地靠近,琴音动人、和谐,仿佛一层甜蜜的面纱,这时,我看到了他们。

克洛琳达围绕着坦克雷德,阿梅娜伊德围绕着克洛琳达,萨瑟兰围绕着阿梅娜伊德,坦克雷德围绕着萨瑟兰,霍恩围绕着坦克雷德,坦克雷德围绕着霍恩[①]。我沉醉其中。

---

① 琼·萨瑟兰(Joan Sutherland,1926—2010),澳大利亚著名歌唱家,擅长女高音。玛莉莲·霍恩(Marilyn Horne,1934—)美国著名歌唱家,擅长女中音。在歌剧《坦克雷德》中分别扮演阿梅娜伊德和坦克雷德。

Ourselves we do not owe[①]

我没有看到她们进来。对我来说,她们是一下子出现的。她们悄然而至,像是很久以前就来了,或者说一直以来就在这里。

我看到她们彼此靠近,一个穿着白色,另一个穿着深蓝色,似乎—不是女人—也不是男人—不仅仅是女人或男人—似乎是—某种神秘的化身—人类的神秘—专注于自身秘密的个体;显然既不是男人,也不是女人,一切从她们两个开始,两个人,存在本身,其神秘性是一个向另一个提出的问题,只有对方掌握着答案,唯一的答案,这个答案只能给予对方,而不是自身,这就是我在一瞬间看到的,随着同样的问题被提出,她们来了,一阵沉默,轻柔的沉默,问题在她们之间达成了一致,获得了回应,似乎一个问题进入了迎面而来的另一个问题,以音乐的方式给予了对方一直寻求的答案。

---

① 此处为英文,意为:我们身不由己。出自莎士比亚的《第十二夜》。

只有两个问题完美契合才能得到答案。

这就是为什么世上的答案如此之少,问题如此之多,书籍如此之多,希望如此之多,绝望如此之多,困惑如此之多,但音乐如此之少,答案向自身提问,问题在它的双膝上休息,双眼紧闭,倾听,倾听,是的,如此之少。因为只有两个完美契合的问题才会最终形成一个答案:换句话说,两个问题以同样的节奏奔向对方,就像两支箭在同一时刻由山峰两侧被旗鼓相当的弓箭手射出,就像两个女低音的歌声从海的两侧飘过,在乐队上方汇聚,如果没有风暴的阻碍,也许最终会在山顶之上相遇。风暴,或者说是**历史**。

但首先,获得答案的可能性关乎身体。其次是文化、历史,以及其他一切。最后,事实也许是这样的:仅有的那些能够回答的问题在最初就已经开始显现出答案了,它们可能从来不会自我质疑,转向另外的问题,而是平静下来,沉浸其中,让答案穿过空中,逐渐升起,就像落在箭上的鸟儿一样,如果同样的事情也发生在另一侧,那么,当箭处在运行轨迹的顶端,服从于物理定律时,两只鸟可以从远处看到彼此,它们自由地在云层上方相遇,我们看不到它们,但能够清楚地听到它们发出的胜利的呼声。

　　说回对我来说非常可贵的那两个人,事实上,我看到他们①向对方靠近,动作如此柔美,那一刻,我就猜到了。也许是因为他们脸上惊讶的神情,微微惊讶,始终保持着惊讶,相互之间打招呼的方式就像两个离得很远的人一样? 靠近,是的,一袭白衣,闪着光,一个人迎接着另一个人——他的身上闪烁着深蓝色的光。白色构成了一种深度,一种厚度。宛如两种宿命:似乎一切无法避免。不像是一个女人在走路——无论她是优雅还是笨拙,都是女人在走路;不是一个男人在前进,不仅仅是一个男人在靠近、走过来。不,在我面前,他们彼此靠近,就像水面上的两只小船,听凭彼此的召唤。她们相互吸引,用不易察觉的方式凝视着对方,身体微微倾斜,紧紧盯着对方的双眼,彼此凝视,相互询问:为什么是我? 此刻,就是在这样温柔的沉默中,在十二把小提琴的伴奏下,她们惊讶、缄默,似乎都以为这是她们最后一次可以对视、询问,但她们却仍然不知道:我是谁? 为

---

　　①　此处原文为阳性。由于后文中西苏使用的代词在阳性和阴性之间切换,译文也采用了相应的人称代词。

什么是我？谁？我是谁……

为什么是我？现在她们站得很近，身高相仿，几乎可以触碰到对方，她们似乎不再惊讶，但还是想知道，"为什么我一袭白衣，而她在蓝色的夜晚迎接白天"……

"为什么"，她们一个人向另一个人发问，同时也做出了自己的回答，她身披绸缎，吃惊地挺起胸膛，一边用整个身体发问，一边回答道，"因为是你"，此时，音乐也做出了回答。

（我很清楚，我无法做出显而易见的回答。我害怕，但我不会隐瞒，因为我必须说出一个令自己着迷的美丽的秘密，如果我不能让你着迷，我将对我所崇敬的一切——生命、美丽、欲望——犯下罪行。因为秘密必须被揭示，必须在它最绚丽的时刻被揭示。否则，如果我们仅仅平静地重复，我们就违背了秘密的秘诀所在，上帝也将背离这样的性征。我有足够的力量掌握这个故事的秘密吗？我可以拥有英雄般的宁静，男子式的女性特质吗？——这些是尊重我的愿景所需的美德。）

我追随着他们……

高傲的阿梅娜伊德在痛苦中靠近坦克雷德,她一无所有,唯有她的目光,啊!她宁愿睁着眼睛死去,也不愿把目光从他身上移开,她宁愿像太阳一样消逝在他的黑夜里,而坦克雷德的眼中只剩下同样的震惊,那一刻,他们几乎一起死去,他们忘记了全世界,一起陷入了永恒。

于是,我看到了他们,他们仿佛就在我身边,我看到了他们的疯狂,他们的秘密:

他是最美的女人,英姿勃发,散发着女性的威严。

她比年轻男子更帅气,比忠贞的骑士更英俊,高贵中蕴含着英雄的力量。

他是野性的造物,散发着无以伦比的诱惑力。

她冷酷而热烈,为爱无所畏惧。

就是这样。这就是我所看到的,她们也看到了。

为什么是我?此刻,他们挣扎着,仿佛要彼此进攻。

武器意味着:请战胜我,但不要伤害我。

他们彼此靠近,就像黑夜滑向白昼。

坦克雷德像黑夜一样降临,高高在上,孕育着无数的梦,外表深沉冰冷,内心却在燃烧,像黑夜一样,充满爱意却不自知。

缓缓降临,弥散。阳刚的外表之下,缀满星辰的深蓝色盔甲之下,是一位谦卑、热烈的情人。

我所看到的,热情的阿梅娜伊德也看到了。她的衣着比阿尔卑斯山顶的雪更洁白,她的高傲来自于深沉的谦卑,如果他是恋爱的女子,她便是恋爱的男子……

这便是我想说的。

梦中,我看到了一块未经雕琢的绿松石。我啜泣着,想要握住它。它在天空的中心。在我的生命之上,就像我身体之外的一颗心。我望着它,渴望拥有它,就像坦克雷德想拥有他的爱人一样,生死相随,至死方休,就像人类需要自身生命的秘密一样。我看到它在闪耀,我的存在的辉煌,我身体之外的宝藏,我在头顶之上看到了我所有经历的意义。我与它只有一夜之隔。我试着跨过去。我伸出双手,愤怒地啜泣着,它就在我的指尖。

天空近在咫尺,只需要跨越一个透明的夜。

绿松石里射出了珍珠般迷人的光。

我的生命在燃烧,为了超越我的秘密。我点燃了自己的灵魂,让火焰更高、更近,然而,越来越高,

越来越高,越来越越靠近绿松石的是烟尘。我满眼泪水,因心怀希望而泣不成声。

我生活的理由是我右手可以握住的一颗绿松石。我燃烧是为了一颗小小的星。因为它无限纯净。我的秘密是**真相**之星。在它的怀抱中,有一颗珍珠,柔和而闪亮,就像永恒的光芒在瞬间的怀抱中闪耀。我尚未命名的星星!

我的秘密并不比一颗永恒的榛果大。

只有一个夜晚还牵着我的手。

我明白我的绿松石意味着什么。我双唇前深蓝色的寂静,将我的话语蕴藏于星云之中。

我的绿松石蕴含着最珍贵的东西。不透明的珍珠是其透明的秘密。华贵的蓝色中蕴含着无限的洁白,这便是它的秘密。

想说的话,唯有喃喃自语。

坦克雷德俯下身去,缓缓问自己——就好像这是他们最后一次从远处看向对方——你为何如此纯净,如此靠近,就像一个被爱的女人在镜中寻找爱的秘密,想知道被爱的人是谁,自己身上那个被爱的人是谁,她不再看自己,试图找到另一个人所珍视的秘密,痛苦地在自己的身上寻找对方的灵魂。与此同时，黑夜所宠爱的高贵的、安静的阿梅娜伊德，她悄悄地走向对方，内心被点燃，思考着为什么他的生命闪耀着蓝色的光芒，吸引着她，完美地向她回应。你怎会拥有这样的蓝色，这神秘的、迫近的蓝色？

我思考着：是否有一天我能够理解这种爱的秘密，这种消逝在我的指尖、言语中的爱？是否有一天我能够理解黑夜，能够知道谁能理解我？

我了解了他们的秘密。我想说的只有化为尘土的光。他如此英俊，人们甚至认为他拥有女人的美貌。而她，不仅拥有女人的美貌，而且像男人一样英俊，我说的是我们看到的：

两个人融化了彼此，就像两个敌人。

相互打量，欲望开始苏醒，他们彼此选择。

在黑暗之中，无法相遇。

（就在这时，一阵歌声响起，震撼了整个夜晚，我屏住呼吸，把听到的一切，喘息的句子，潦草地写在纸上，眼睛盯着他们，手盲目地记录着）：

日日夜夜，他们，她们

匆匆而来，尚未相见

你想从我这里得到什么，拿走什么

离开了你，我宁愿死去

你为何如此急切地寻找我？

仿佛你认识我

仿佛我认识你

我的未婚妻，求你告诉我你的名字

既然有命运，既然有结局

我不会透露我的名字，我的真名

仿佛你认识我

张开双臂

如果这是战争，他们不会彼此错过

但这不是战争，而是爱，她们擦肩而过

不要拥抱，这是爱的战争

如果可以，让她呼吸

你不再是我的妹妹

我不再是你的孩子

愤怒和黑暗无法掩饰，无法衡量

他们停下了脚步，灵魂却开始骚动，战争开始，刀光剑影

你在逃避什么，我的爱人？并肩而立。并不相互看见……

没有什么能把他们分开。

是什么将他们分开？**历史**的晦暗邪恶战事胶着，

他们放下了武器

迷失在彼此的目光中

阿梅娜伊德三次感受到坦克雷德的注视

三次逃脱了她所害怕的吸引力

相信你，哪怕死去

在我全部的生命里，相信你

你不再是我的孩子

我不再是你的妹妹

他们终于筋疲力尽，退后喘息片刻，专注而沉默，就像两个对手

不知道谁会赢，是爱情，还是死亡……

当所有痛苦耗尽，甜蜜将如何

当愤怒不再流血，焦灼也将不复存在

这是怎样的一种尊重。

我不知道有什么能把他们分开。为彼此而生的两个人，并非姐妹或兄弟，却如此相似。

他们之间，一切都很和谐。庄重的女高音和音域宽广的女中音之间，无论差异之处还是相似之处都非常匹配，一方使另一方更突出，更动听。她们在

身材、力量、丰富性、流动性上也都很契合,优点不相上下,与此同时,她们又各具特色,就像……就像萨瑟兰和霍恩一样。

我们想象不到有什么能将他们分开。除了一丝不易察觉的动荡。某种延迟,就像生活。

她们最终会双唇靠近、气息交融吗?我想是的。否则,那将会是一种不幸。

我隐约有些害怕。他们的呼吸在微微颤抖。仿佛在默默地共同对抗着一个词语,一个可怕的词,他们暗自使出了所有力气,靠在墙上,害怕被某个强大而狡猾的敌人所惊吓,这个敌人尚未出现,但它会像嫉妒一样,从一个非常古老而不幸的时代逃逸出来。

他们努力不让自己受到这个可怕字眼的惊吓。他们还没找到甜蜜的时刻,说出我爱你。

此刻,他们彼此凝视,呼吸有些急促,疲惫不堪的身体倚在剑上。目光中的温柔足以让一头母狮成为忠实的盟友。

因为不可能,所以无法分开。

不可能将他们结合在一起,就像夜晚

他们在夜中迷失、寻回

亲爱的朋友!在你残酷的命运中,我将忠诚

于你

为什么不可能?因为是夜晚?因为是白日?为什么不可能?

亲爱的朋友,在你忠实的命运中,我将对你残忍。

(然而,我隐隐感到,他们还未能相遇,因为她们中的一个增加了力量,另一个则失掉了轻盈,我不知道是谁在讲话

我应该吻她,我不能
我应该面对她,我不能
我应该逃离她

我不想知道谁逃脱,谁倒下。

是厄运吗?事实上,是不信任。但那是另一码事了。)

突然间,我不知道自己爱上了谁,我把自己的欲念都抛到了脑后,却无济于事。我喜欢一个,也喜欢另一个。喜欢她们两个。因为喜欢第一个,所以也喜欢另一个。因为喜欢另一个,所以也喜欢第一个。

一个赞同并反对另一个。

> 是的,她是我的激情
> 她是我的痛苦,
> 这缓慢的激情,让一个人走向另一个人
> 这折磨人的希望,在我心中滋长,
> 这忧虑,这自信,
> 这令人眼花缭乱的一切,在增长
> 相信,不相信,
> 激情,让我心痛又让我欢喜,
> 我也爱慕她,原因却并不清楚,
> 我看到的爱让我惊讶
> 两个伟大的存在最后一次望向对方,
> 她用有力却纤细的双臂抱住了我
> 我倒下了,不知所措
> 坠入爱河,
> 不仅爱上了我想爱的人
> 因为她深蓝色的光
> 炽热而深沉,就像我曾经爱过的人
> 但让我惊讶的是,我也坠入了音乐的光晕
> 另一个,我没有想到的人,闪耀着白色和金色

她自信、真诚、纯洁

最后一刻,一个人是另一个人的答案,另一个人既不敢奢望,又满怀希望。

她们彼此滋养,彼此丰富。一个人破解了另一个人的秘密,因此变得更加闪耀、更加伟大。

坦克雷德是一个正在终结的女人,还是一个为了成为男人而开始成为女人的男人?

但我的上帝,我只是我,我只是个女人,超乎我的东西,我该如何表达呢?我想,那是超越了所谓女人、所谓男人的东西,然而,在我之上,一切都闪闪发光,让我目眩神迷,一切融合在一起,出现了一个体型健壮的人,对于女人来说,足够高大,是的,在我看来她像一个女人,但又表现出男性的容貌,如同我的绿松石上的珍珠。

该怎么称呼一个看起来更接近女人的人呢?她有一双深蓝色的眼睛,外表冰冷,内心炽热,像黑夜一样广阔,气度非凡。星星闭上充满爱意的双眼,触碰她宽阔的胸膛。她像英雄一样战斗,像母亲一样献出生命,她流下焦灼和悲伤的泪水,在她的梦想中只有爱情是她的命运,比起亲吻,攻克一座堡垒对她而言更加容易。她的声音低沉、热情、温润,听起来就像人类的泪海,任何不受婚姻束缚的女人,只要听到她的声音,就会渴望沉浸其中。

在这个故事中,她背负着坦克雷德的名字、他的过去、他的武器。救救我们,莫扎特、罗西尼,不必再区分性别,性别不必再有界限!

女人何时开始,何时继续,何时改变,何时延续,直至触摸,直至拥抱?

……不,我更想问:

男人从哪里开始,女人从哪里开始,在哪里继续?

继续

然而——随着黎明的第一缕曙光,最后的星光已经褪去,战斗却仍在继续。

坦克雷德面对注定的胜利忧心忡忡,

女中音继续响起,而我,想听着这声音把眼泪流干:

我该屈服,还是追求胜利? 谁?

请问,你是谁,胜利者还是失败者,告诉我,我会知道我在拯救谁,我在失去谁。

对我说话,我没听到你的声音,对我说话。

我的心里只爱你一个人。

我怎能不相信你。

我只能相信不可能的事。

那就再见吧

你想要的是什么?离开你。追随你

两个斗士。两个对手并肩作战,对抗不可能

是的,你使我痛苦。

不要战斗。彼此凝视。

转身。逃离

如同她们奔向对方。

(有好多个坦克雷德,我很难不认错。但我保证尽力解释清楚。)

我感觉自己身处暗夜之中,但这是我一个人的夜。我感觉自己正面临着注定要遇到却无法解开的谜。这个坦克雷德,这个阿梅娜伊德,这两个人,都是我的神秘人物。在我看来,我所写的一切,都出现在我的近视眼前,将我引向他们的拥抱,接着,我感到一切都在我的眼前发生,令人赞叹,充满神秘,我的胸中爆发出一声呐喊,仿佛我正在"发现""爱"的

"真相"(所有这些词语都如烟雾一般让我的呐喊窒息)——然后——fiat nox[①]!

但是,也许最困难也最必要的事情是忘记这些法官,他们迫使我们愚蠢地回应他们愚蠢的传唤,为毫无道理的事情辩护,谈论沉默,把音乐压在文字的磨石下,撒谎发誓只说真话,承认自己有罪,原因是我们没有缺席,没有软弱;他们让我们为每一个想法道歉。忘记他们,也就是说,大胆地忘记他们,迅速地忘记他们,如果还没有真正忘记他们,那就把遗忘放在肩头,奔向自由灵魂的区域,在那里,他们不能冒险,因为他们一接触纯净的空气就会消亡。

在我们这个沉重而僵硬的时代之后,我希望生活在一个语言不被束缚、阉割、恐吓的时代,生活在不必服从虚假教义的时代——那些虚假的教义才是真正的愚蠢。

然而,我有时会被文字警察阻拦,被搜查、诘问、反诘问。有时则是我去阻拦对方,我想——或许这种想法并不正确,我要证明我不害怕侮辱。我转过

---

① 拉丁文:让黑夜降临。

身去,回应,于是争论开始了!女人在呐喊!女人!或恨或爱地高喊着。在喧嚣的争吵声中,我们不再知道自己在攻击什么或捍卫什么,话语的价值随着说话的人而改变,有时是祝福,有时是诅咒。

我知道,捍卫真理最好的办法就是不说出它的名字,避免它暴露在公众的滥用之中。"犹太人"这个词被说得太多,变得像化石一样干枯。"波兰人"目前就是这种情况。但这是时代的需要。现在,谁不说"波兰人",谁就是在否认自己是它的孩子。("真实"一词也是如此,在过去的日子中,它被指责为好得不真实。)

目前,残杀妇女的事件层出不穷,一个女人一天要说十多次"女人"来表示抗议。

但是,通过说出"我是女人",我们最终创造了一种被迫的真实。最糟糕的是,我们越是这样说,越是害怕被洪流冲离海岸,越是相互捆绑以免被分开,就越是造成了各种力量的局限性,越是限制了我们自己的领地,并使偏见更加严重。我们被封闭起来,或自我封闭,将自己限定为"女人"。最糟糕的是,原本甜蜜的、无法解释的、亲切的真理,那只放在心头的让我们欣喜若狂的神奇之手,却成了一句空话。

因此,真理在夜里温和的梦境深处才会显现,才会在我面前平静地脱掉衣服,微笑着不被察觉地滑进我的身体,抚摸我的心,然后,她柔软的乳房——这是绝对的知识,(如果我正在书写的内容不够清晰,那也是正常的,因为没有一个词语从真理所居住的光亮中折返。靠近的几个词语都变成了叹息)——在沉默庇护之下的真理被迫出现,它就像一条从水中捞起的鱼,在最后一次抽搐中想念大海,然后,一切结束。

这个喧嚣的夜晚,我在两位坦克雷德之间感到眩晕。其中一个就是另一个吗,还是与另一个相同,还是另一个人的隐藏或显露的真相?我就这样站在一个坦克雷德和另一个坦克雷德之间,惊讶不已,决心将视线留在这个谜团上:仿佛意识到自己正陷入自己的无意识之中。我提着灯笼潜入海底。在一个问题中兜兜转转,就像池中的中国锦鲤。我在那里,浑然不知:或许外面会有答案。

"是什么使男性的坦克雷德成为另一个女性的坦克雷德?"

然而,没有外部。我的池塘是无限的。它就是全世界。

不要思考。游泳。

有两个坦克雷德。彼此不完全一样,但几乎一样。耶路撒冷的坦克雷德是叙拉古的坦克雷德吗?或者不是?

正是因为非常想知道自己的想法,所以坦克雷德才会在最后时刻,在愤怒的抵抗中阻止了自己。

这些都是值得思考的问题。

我在两位坦克雷德之间游动,水面上星夜灿烂,一片宁静。我前进着,思考着色情的本质,仿佛音乐终于变成了它曾经的样子,变成了浪潮。我在思绪的涟漪间游弋:

内心深处的谜团依然新鲜,我感觉很好,爱在不断滑行,从耶路撒冷到叙拉古,再从叙拉古回到耶路撒冷,外表被交换,现实因情感而微微泛红。

首先,这是一个关于坦克雷德的故事,他爱上了一个女英雄——或者说,这个英雄是个女人,如果他爱她,那是因为她是一个女人。他也是女人。

还有克洛琳达,这个充满力量的女人,看起来像个男人,并且,由于另一个人的存在,使她更像男人。我不确定。然而,坦克雷德是爱上这个女人的人。

罗西尼猜想：要让一个男人像坦克雷德那样爱这个女人，那么，这个人也必须是一个女人。

我迷失方向了……

很好……坦克雷德只有是男人的时候，才能成为女人。他可以吗？坦克雷德是男人时才可以是女人？

一个—爱上——一个—女人—就好像—他是—一个—女人的——一个—男人——他的歌声穿越了生死、城墙、风沙、迷信、精良的盔甲、盾牌、图像、语言、感官，无论是种族、肤色，还是性别，都无法束缚它，它的存在是为了歌颂启发它的那个女人。坦克雷德在歌唱一个女人：一个女人在歌唱坦克雷德……

坦克雷德，一个女人……

如果我爱上一个女人，我便将她唤做坦克雷德。

坦克雷德惊呆了，他理解了克洛琳达，对罗西尼来说，"坦克雷德"显然是男人中的女人。

——但对基督徒和整个耶路撒冷来说，克洛琳达是男人中的女人。

就这样，我看到他们冲向对方——速度比我的目光还要快，接着，彼此融合，他们的战马扬起一片闪光的尘土,我再也看不到他们了,只能听到他们互相试探的声音,母狮冲向前方,雄鹰劈裂空气;我能听到两个声音,一个是女人的声音,另一个也是女人的声音,一个冲向另一个,她不是女人,她不仅仅是女人,一个不仅仅是另一个的对立面。

> 多么重大的秘密!
> 上天!你知道我在为谁而颤抖
> 他不知道她是谁
> 不知道他是个女人
> 因为这与她是女人
> 有什么不同,上天知道
> 有什么不同?不仅仅是性别
> 这就是爱,高墙之上,无惧盔甲,无惧末日,
> 但我不知道该怎么说,
> 我听到女中音在呢喃
> 充满泪水的夜清澈、广袤
> 颤抖的女高音,升起,破碎
> 又落下
> 我喘息着,把自己从那些压抑着我的问题中解脱出来。

在更高的地方,问题不会随之而来,只有答案

　　这就是为什么两个女人的声音如此自由,如此快乐。

　　"女人"这个词语束缚着我。我想将它磨灭,将它丢弃,继续追随**她**的脚步,无忧无虑。

　　因为更像女人,所以更可爱;因为更像女人,所以更有男子气概;也许,还因为更像女人,所以……

　　如果我爱上了一个女人,我会用依然又湿又咸的嗓音呼唤她:坦克雷德,我的爱人。

　　　第一版发表于《弗洛伊德研究》,第 21—22 期,
　　　　　　艾弗尔出版社,1983 年

最后的画作或上帝的肖像(1983)

我渴望像画家那样写作。我渴望像画画那样写作。

如同我渴望生活。如同有时候我真正抵达了生活。或者,更确切地说:如同有时候我生活在绝对的当下。

生活在当下的事件中。

就在一瞬间,敞开的一瞬间,我停下来,让自己沉入这一瞬间。

这就是我生活的方式,也是我试图找到的写作的方式。对我来说,最好的伴侣是她或他,是写作中与瞬间相关联的人。

画家是什么?是瞬息之间捕捉到鸟的人。

> ……需要付出很多努力才能够表达出自己一直在寻找的东西,也就是"瞬间性",尤其是在外层,到处都流淌着的那种同样的光……①

这是莫奈的话,在 1890 年,他说:我所追求的是瞬间性……到处都流淌着的那种同样的光,同样的光,同样的光。

在我看来有一部文学作品非常珍贵,它是克拉丽丝·李斯佩克朵的作品。她写的《生命之流》。这本书的目标是"写作-绘画"——试图以绘画的行动完成写作的行动。我之所以说"试图",是因为我们总是对事物的现实发出拷问。这本书之所以接近画家的行动,是因为它是一本瞬间之书,每一页都可以像一幅画一样抽离出来。克拉丽丝写道:

> 任何事物都有其存在的瞬间。我想抓住事物的*存在*。

---

① 出自莫奈于 1890 年写给古斯塔夫·盖弗洛伊(Gustave Geffroy,1855—1926)的信。莫奈(Claude Monet,1840—1926),法国画家,印象派代表人物。

我想以第三人称的方式抓住当下的这一刻。对我来说,绘画就是这样,能够以第三人称的方式抓住当下,此刻。

然而,在生活中,只有在爱的行动中——通过我们感受到的清澈的星空——我们才能捕捉到未知的瞬间,它是坚硬的结晶,在空气中震颤,而生命就是这无法衡量的、比事件本身更重要的瞬间。

谁会这么写呢:我的主题是瞬间?我人生的主题。我试着去做和那个人同样的事,把成千上万逝去的时刻分割为成千上万的碎片,我支离破碎,时间不再确定①。那人或许是克拉丽丝·李斯佩克朵,或许是莫奈。

我渴望于此刻经历的生活中写作,我想投入大海,将它写成文字。但这是不可能的。我渴望书写粉红色的沙滩和珍珠般的海洋。但现在是二月。这完全不可能。我的文字无法向你描述海滩——它既是无限的,又是有限的,像一张铺开的巨大的地毯,一张粉红色沙子铺成的地毯。我的文字没有颜色。

---

① 出自《生命之流》。

声音若有若无？我能告诉你的，画家都会向你展示出来。

我想让你心碎，让你感受到壮丽而平静的海滩，它已然摆脱了人类。我做不到，只能说出来。我只能说出愿望。但画家可以用海的灵性让你心碎。秘诀在于：

> 要真正描绘海，必须每天、每时每刻在同一个地方观察它，这样，才能够在那里感受到生活。①

是莫奈。莫奈懂得如何描绘海：如何描绘同一片海。

若是由我告诉你，必会徒劳无功：岩石海岸、狮子岩、美丽岛。绿色的海水和黑色的狮子不会一次又一次地打动你的心。我向你描述了美丽岛的岩石。但你不会因此突如其来地感受到永恒，它也无法流着泪，从你的眼里进入你的心中。

---

① 出自莫奈写给艾丽丝·奥施德（Alice Hoschedé，1844—1911）的信。

看到草垛,我对你说"草垛",却无法让你看到夕阳,无法让你沉醉其中,去发现光的色彩,我无法让你笑,也无法让你哭。我只能写下来。

我热爱绘画,就像盲人热爱太阳一样:感受它,闻它的味道,听它穿过树林的声音,遗憾和痛苦地膜拜它,用肌肤触碰,以心灵凝视。我不画画。但我需要绘画。我沿着绘画的方向写作。我转向光。转向太阳。转向绘画。

盲人看不到太阳吗?他们只是在用另一种方式凝望太阳。所以,当我写作时,或许在用另一种方式画画。我在黑暗中作画——这是我像盲人那样呼唤光明的方式。

我呼唤。

花园里有金合欢。我很想给你看看它们。

我只是个诗人,只是个一贫如洗的画家,没有画布、画笔,也没有调色板的画家。

然而,还有神;我只是个诗人,我只能依靠神,或依靠你,或依靠某个人。

我呼唤:金合欢!我呼唤你。

我在电话里对你说:我很想让你看看金合欢。我把金合欢这个词语发送给你,我希望它一旦进入你的胸口,就会变作金合欢的幻象。我是一个用电话画出金合欢的人。

如果我是画家该多好!我会为你还原每一簇金合欢。我会为你还原金合欢的灵魂,直至每一个黄色绒球最微小的震颤。

我将在画布上再现金合欢的灵魂,就在你的眼前。但我不会画画。我只能和你谈论金合欢。我可以唱出金合欢这个词语。我可以让金合欢这个神奇的名字发出声音:我可以给你配上金合欢的音乐。我向你发誓,金合欢就是哈利路亚的同义词。

幸好有金合欢这个词语!我可以告诉你,金合欢会模仿。我还可以告诉你,金合欢原产于巴西。

但我不能用金合欢的光芒来滋养你的双眼。所以我恳求你:去看一看我所看到的金合欢。想象一下这些金合欢。看在我的分上,即使你没有看到,也要努力想象自己能够看到。金合欢是画家的林中仙女。

我是笨拙的女巫,很难使隐形的事物显现:你若是不施展自己的魔法帮助我,我的魔法便没有任何力量。我召唤出的一切都取决于你,取决于你的信任和信念。

我将文字汇集起来,准备生一场小麦色的大火,然而,如果你不将自己的火种投入其中,我的火就无法燃烧,我的文字也不会迸发出淡黄色的火光。它们将没有任何生命的气息。我的文字若是没有你的气息,金合欢便不会存在。

啊!如果我是莫奈该多好!我会用金合欢、紫藤花、丽春花来填满你的房子。还有棕榈树。稻草。它们所缺少的,不过是香气。

我写作。但我需要一位画家来为我的文字赋予面孔。我先写作,接着,请你把我告诉你的画下来。

我嫉妒画家的能力吗?是的。也不是。我能想象到画家心脏的剧烈跳动,能想象到那种眩晕感和紧迫感。关于绘画,我最喜欢的地方也许就是心跳的感觉。如果我是画家,那将是怎样的痛苦!又将是怎样的激情!是对天空和空气无尽的妒忌,是对光焦灼的崇拜!如果我是画家,我会一直看、一直看、一直看、一直看,会发疯,会不停地奔向柳树,奔向马铃薯地。如果我是画家,我会立刻知道美洲就在欧石楠中。

但我不是画家,我在文字中穿行:

来和我一起在欧石楠和马铃薯地里作画,来和我一起跟在犁和牧羊人的身后奔跑。和我一起去看篝火,一起在吹过欧石楠花丛的暴风雨中呼吸。我看不清未来……风是否会和我们同在。但无论如何,我不会改变我说话的方式,不是在巴黎,也不是在美国寻找,在那里,一切永恒不变。改变,存在于我们要寻找的石楠花中。①

这是梵高说的。

如果我是画家,在星空之下,我将在欲望和痛苦中挣扎;如果我是画家,我将在赞叹中不断体验死亡。我将生活在心醉神迷之中,直到我再也看不到星星,看不到银灰色丝绸般的水流蜿蜒流过,从我的脚下流向天边,直到我再也看不到绚烂的太阳粉末,直到我终于消散于尘埃,安息在大地令人赞叹的尘土中。如果我是一个画家,我将生活在火中,我愿意双手握着火把。我想燃起火焰。我终将失明,并为

---

① 出自《梵高书信全集》。梵高(Vincent van Gogh, 1853—1890),荷兰后印象派画家。

此感谢上帝。莫奈在生命的最后时刻闭着眼睛作画,是有道理的。

我的眼睛近视了。我常常责怪上帝,也常常因此而感激他。这是一种解脱。我的近视让我免受痛苦,那些能看到天堂秘密的人们承受着这种痛苦。我写作是因为我近视;我想,也正是因为我近视,多亏了我近视,所以我爱着:

我看东西非常非常近。在我眼里,小东西们都很大。细节是我的领域。有些人看得太多。有些人看得很远,却看不清近处。世界上最小的字,我也能够看清。我趴在花园里,看到了蚂蚁,看到了蚂蚁的每一条腿。昆虫成了我的主角。这么说是不是也有道理? 人类是神圣的昆虫。

太美好了,这么小的生命也有这么大的能耐。

这就是近视的好处。面对无法成为画家的事实,我也是这样安慰自己的。如果我是画家,我还会喜欢这些吗?

我怎么能猜测我不了解的事情呢? 比如,画家的痛苦? 那些画向我讲述了画家的激情。不仅仅是一幅单独的画。而是一系列、一束画、一队画、一群画、一帮画。我看到了莫奈的二十六座大教堂。我不知道一座大教堂是否会将我征服。二十六座大教堂是一次驰骋。

我揣想一场战斗。我看到了画家与光的赛跑。看到了挑战,看到了勇气。

画家是寻找谜底的斗士。

画家,真正的画家,不会画画。而是寻找秘密,并将生命投入其中。画家是永远的帕西瓦尔。他选择离开,走出了森林;但在走遍世界之后,又回到了森林。我可以想象画家所完成的超人的任务:目睹鲁昂大教堂在一天之内诞生出一百座大教堂。目睹它们诞生。一个接一个。观察一小时内不同光线下的教堂。他可以为之而死。

他向教堂进攻,教堂也向他进攻。

这是他与教堂的斗争:

> ……这让人精疲力尽,为此,我放弃了一切,你、花园、孩子们。此外,作为一个从不做梦的人,我做了噩梦,梦见大教堂倒下,压在我身上,它一会儿变成蓝色的,一会儿变成粉色的,

一会儿变成黄色的……①

　　莫奈先生向我们展示了他的大教堂,一共有二十六座。它们非常壮观,有些是紫色的,有些是白色或黄色的,天空有时是蓝色的,有时是粉色的,有时略带绿色;还有一幅是在雾中的……每一个细节都清晰可见,它们就像悬在空中。②

要看到大教堂的真相——拥有二十六副面孔的大教堂,并记录下来,就意味着要看到时间。描绘时间。描绘时间与光的结合。绘出时间与光线的作品们。

如果我是画家,我就会这么做。

太阳的速度很快。大教堂不停变幻。刚刚还是粉红色的。此刻已经是紫色的,而且飞得很低。

我们很慢。

生活很快。

---

① 出自莫奈写给艾丽丝·奥施德的信。
② 出自朱莉·马奈(Julie Manet, 1878—1966)的日记。

> 我一心想表现出(草垛)一系列不同的效果,但这个时候,太阳落得太快,我跟不上。草垛不断变化。①

追随阳光,描摹变化。我看到莫奈在攻克他在丽春花田中的领地,将画架安装在那里。画笔在飞舞。莫奈在飞驰。

当我写下这一页时,太阳已经消失了。我们写作的人太慢了。我想到了画家的神速。

在写这篇文章的时候,我在想,也许我喜欢绘画的原因就在于它疯狂的速度。人们会说,画家也有慢的时候。我不知道。我什么都不知道。这只是我的想象。我要讨论的,只有那些速度很快的画家,那些在画板上追逐草垛的画家。

我想到了速度,以及欲望的宿命:与光赛跑。"需要一种日本速度。"不,这不是葛饰北斋②说的,是梵高。

在写下这些文字的时候,我非常谨慎,生怕自己

---

① 出自莫奈写给古斯塔夫·盖弗洛伊的信。
② 葛饰北斋(Katsushika Hokusai,1760—1849),日本江户时代的浮世绘画家,他的绘画风格对印象派画家的影响很大。

晕头转向,所以没有走完周围的田野。直到完成了这小小的思考,我才奖励自己。我还重读了梵高的信。我确信梵高画画很慢。这就是我的发现:

> 这个日本人画画很快,非常快,像闪电一样,这是因为他的神经更加敏感,感觉更加纯粹。
>
> 我才来这里几个月,但是,你告诉我,在巴黎,我能在一小时内画出这些船吗?即使有框架也不行。况且,这是在没有限制的情况下完成的,画笔随心所欲……
>
> 克洛德·莫奈在二月到五月之间完成了这十几幅画,这很好。
>
> 速度快并不意味着不认真,这是自信和经验的结果……
>
> 我必须预先告诉你,所有人都会觉得我画得太快了。
>
> 什么也不要相信。
>
> 使我们心潮澎湃的不正是对大自然的情感,对大自然的真挚感受吗?有时候,灵感不断

涌来，就像演讲或写信时词语滔滔不绝，情感非常强烈，以至于你在工作时甚至察觉不到自己在工作，不过，你必须记住，情况并非总是如此，今后也会有很多日子，沉重、没有任何灵感。

因此，你必须趁热打铁，把锻造好的铁棒放在一旁。

我想在公众面前展示的五十幅油画中，还有一半没有完成，我需要在今年全部完成。

我知道，一定会有人批评它们，认为它们是仓促之作。

如果健康不出问题，我就会迅速完成我的作品，在这些画作中，有一些是不错的。①

要做到这一点，必须保持轻松！

要做到这一点，必须打破一切束缚：斤斤计较、瞻前顾后、左顾右盼、殚精竭虑，以及已有的、积累的、固化的知识。最重要的是，打破一切恐惧：对未知的恐惧、对批评的恐惧、对不了解的恐惧、对恶意的恐惧，"人们会说我疯了"（莫奈）。恐惧是可以摆

---

① 出自《梵高书信全集》。

脱的。我们可以无视它。可以画得比它试图抓住我们的速度更快。

我们不画昨天,甚至不画今天。我们画明天,画将要发生的事,画"近在眼前的事物"。

为了做到这一点,我们必须放下一切执念,跳出自我。这也许是绘画能教给我们的最重要的一课:跳出自我。因为"我"是阻碍飞翔的最后的根,或者说是最后的锚。我们必须尽可能地摆脱它,发出猛烈的一击,或长时间努力,直至锉掉束缚灵魂的铅环。

我想,风景画家比作家更容易摆脱自我:毕竟可见世界的魅力如此强大。有时候,画家的自我并不比一颗乳牙更依附于他自身。人们把它拔出来,作家立刻一跃而起,置身于自己的创作之中。我们一起诞生。下雨了。我们一无所知。我们是整体的一部分。

　　细雨中,我呼吸着世界最原始的气息。感受到无限的色彩。此刻,我与我的画融为一体。我们是五彩缤纷的混沌……阳光朦朦胧胧,照耀着我,就像一位远方的朋友,温暖着我的怠惰,滋养着它。我们发芽了……

这是塞尚①。

那一刻,当自我不再沉重,画家变得通透、开阔、纯洁,变成了一个女人。他让光在他体内游走。让一切自然而然地发生。他变得温柔,变成了植物,变成了大地,与太阳彼此交融。*Tanta mansidão*②…

但我们如何才能拥有这种松弛感,这种主动的被动性,这种顺其自然的能力,这种对过程的顺应呢? 我们如此沉重、如此激进、如此急躁。如何才能变得纯洁、青春、淳朴呢? 如何才能从过于拥挤的记忆和文字的博物馆中走出来,来到初始的、沙沙作响的花园?

这就是我们作家的问题。我们不得不用沾满文字的画笔作画。不得不在看似纯净透明的语言中遨游,这种语言被听过无数遍的语句扰乱。我们不得不在陈词滥调中为每一个想法开辟新的道路……我们的每一个隐喻,就像此刻的我,都受到失误和假话

---

① 塞尚(Paul Cézanne,1839—1906),法国后印象派画家。
② 葡萄牙文,意为:如此温柔。这是李斯佩克朵一篇短篇小说的题目。

的威胁。

不过,有一条路,它能引领我们环游世界,重新发现第二份纯真。这是一条漫长的路。只有在路的尽头,我们才能重新发现简单,或者说淳朴的力量。我认为,只有在生命的尽头,我们才能领悟生命的奥秘。必须走过很长的路,才能发现显而易见的东西。必须擦亮眼睛,努力观察,才能摆脱蒙蔽自己的成千上万的表象。

有些诗人已经做出了尝试。他们踏上旅途,寻找我所说的第二份纯真,即知识之后的纯真,未知的纯真,懂得不去知道的纯真。这些写作中的人,我都称之为诗人。

所有以自己的生活为切入点的作家、哲学家、剧作家、梦想家或造梦者,我都称之为诗人。幸运的是,我们继承了那些描述他们严酷的冒险经历的作品。他们中有人是诗人-画家,比如梵高。有人是诗人-诗人,比如克拉丽丝·李斯佩克朵。如果想知道如何擦亮自己的眼睛,那就可以读一读克拉丽丝·李斯佩克朵的《G. H. 受难曲》。

必须走很长的路,才能最终抛开对面纱、谎言和镀金的需求。摒弃镀金的需要,按照伦勃朗的说法就是激情。

热内①在对伦勃朗②作品的精彩评论(这留在了对伦勃朗的解读的传统中)中提到,伦勃朗的创作是从镀金开始的,用黄金覆盖,然后烧掉,将它们统统消耗掉,直到变成金粉,涂在最后的画作上。

只有在这一过程结束时——超人类(surhumain)的人类到达—生命—深化的—尽头—并—返回时,我们才能停止为一切镀金(兰波③和克拉丽丝也知道这一点)。那时,我们才能开始爱慕。

那时,我才能在《柠檬水:一切如此广袤》④中提到所谓的"最后一句话"——仅仅依靠一丝气息与作品或作者保持关联。一定程度上看,正是因为写下了《柠檬水:一切如此广袤》,我才得以在画布上展开冒险。为了研究对我来说在写作上可以称为宝藏的东西,也就是那些充满存在感、既沉重又轻盈的终极

---

① 热内(Jean Genet,1910—1986),法国作家。
② 伦勃朗(Rembrandt,1606—1669),荷兰画家。
③ 兰波(Arthur Rimbaud,1854—1891),法国诗人。
④ 《柠檬水:一切如此广袤》(*Limonade tout était si infini*)是西苏的一部作品,书名中的这句话据说是卡夫卡的最后一句话。

句子，它们比一整本书还要珍贵——为了研究这些句子的奥秘，我不得不求助于绘画。除了某些画家，尤其是伦勃朗在画作中的跋涉，我找不到任何其他可以帮助我的事例。无论如何，尽管有些武断，我还是在所谓的艺术作品（œuvres d'art）和存在作品（œuvres d'être）之间做出了区分。对我来说，艺术作品是具有诱惑力的作品，它们特别精彩，非常值得一看。当然，把这个或那个画家归入这个或那个类别时，我难免武断。举例来看，对我来说，达·芬奇的作品只会是一件艺术作品。当然，这么说也许是错的。但我还是进一步提出了假设。当我们在观察达·芬奇的一幅画和伦勃朗的一幅画时，我们会发现，达·芬奇的画作在用眼睛寻找我们，紧盯着我们，紧紧抓住我们，它们是充满吸引力的画作。

对于伦勃朗来说，最令人震撼的是，在最强烈的存在感中，他所注视的人是孤独的，难以亲近的，他们不知道自己正在被注视，而是凝视着自己无限的内心。正是沿着这条双重道路走下去，我开始对自己说，在艺术中，对我来说最重要的是关于存在的作品：这些作品不再需要表现荣耀，也不再需要宣称自己出自大师之手，不再需要署名，不再为了赞美作者而回归。这就是为什么我在论述这个问题的书中写下了这样一句宝石般的话："柠檬水：一切如此广袤……"这句话对我来说意味着一切，意味着开始和结束，意味着生命的全部，意味着欢乐、感伤、欲念、希望——这句话没有署名，但它出自卡夫卡之手，在他没有试图成为作家的时候，在他是弗兰兹·卡夫卡本人，存在于书本之外的时候。如果说这些句子能被收集起来并印刷出来，是因为上帝的旨意，卡夫卡在弥留之际，无法发声，在纸片上潦草地写下了他的心声；在他离世时，他身边的人收集了这些纸片。对我来说，它们是世界上最美的书。这些如此细腻的句子，这些临终时写下的句子，也许就相当于写作中罕见的、绘画中较为常见的：最后的画作。正是在最后，在我们已经到了剥离的时刻，到了崇拜的时刻，而不再是镀金的时刻，奇迹才会发生。

在葛饰北斋身上曾经发生过一件美妙的事情：

> 由于喜欢变魔虫夜入道那种矫饰的画风，住在深山里的画家山水天狗吸收了他画中费解的艺术。现在，作为一个研究这种画风近百年

的人,我对这种画风的理解并不比他多,但奇怪的是,我发现我的人物、我的动物、我的昆虫、我的鱼,似乎都从画纸上逃跑了。这难道不够离奇吗? 一位出版商得知此事后,向我索要这些画,我无法拒绝。幸运的是,雕刻师 Ko-Izoumi 的技艺非常娴熟,他亲自动手,用锋利的小刀割断了我画中动物的血管和神经,使它们失去了逃跑的自由。①

在葛饰北斋诞辰两百周年的时候,我们看到了他五六岁时的一组画,画中的生物——鱼、昆虫、人都非常小。

如何才能走近这位画家(我所仰慕的画家,为画痴狂的画家,超凡脱俗的、卓越的、空灵的、激情的画家)?

首先,写作需要诚实,不能掩盖事实。这并不是

---

① 出自 *Le Fou de peinture*:*Hokusai et son temps*(《画痴:葛饰北斋和他的时代》),这里所写的"变魔虫夜入道"与"山水天狗"似乎都并非真实存在的人物,而是以"文字绘"的形式绘画而成的怪物。

说我能做到不撒谎。写作时不撒谎实在太难了。更确切地说,也许我需要通过写作来减少谎言,剥去表面,去掉那些过于丰富的词藻,去掉粉饰,揭露真相。这是出于一种需要,拒绝让写作和绘画的主题受制于文化上的懦弱和习惯的法则。

这种需要并不意味着抨击,只是不需要看起来漂亮,不需要使实际上不干净的事物看起来干净,不需要使其符合既定要求;而是无论付出多大的代价,都要按照真实的样子去实践,甚至比真实更真实。

伦勃朗在道德上并非十分前卫,但作为画家,他是绝对自由的,他画了很多裸体女人,我觉得她们美得令人赞叹,但并不是所有人都这么认为。下面是一位同时代人的看法:

> 伦勃朗……拒绝遵守其他艺术家的规则,更不愿意效仿那些以美为榜样的杰出艺术家,他满足于不加选择地描绘生活中的一切。伟大的诗人安德烈·皮尔斯[①]在他的《画作的习俗与

---

① 安德烈·皮尔斯(Andries Pels,1631—1681),荷兰诗人、剧作家。

滥用》(*Us et Abus de la scène*)中风趣地评价他说:"当他必须画一个裸体女人时,他不是以希腊的维纳斯为模特,而是以洗衣妇或旅店女仆为模特:他把这种愚蠢的行为称作模仿自然,而将其他的一切都视为空洞的装饰。

"下垂的乳房、变形的双手,乃至敞开的上衣垂在腹部的流苏或腿上的袜带,一切都必须表现出来,以便忠实于自然。他拒绝服从有关节制的规则,这些规则建议画家只描绘身体的某些部位。"

我非常欣赏皮尔斯的直率,并恳请读者理解我的真诚:我并不讨厌这个人的作品,但我想比较不同的艺术观念和方法,并鼓励那些渴望学有所成的人走最好的路。除此之外,我还想对这位诗人表示赞同:

"这样的人对艺术而言是巨大的损失:他拥有如此娴熟的技艺却没有更好地发挥自己的天赋! 事实上,谁能超越他呢? 但是,天才越伟大,当他不承认任何原则或传统规则,并认为他可以在自己身上找到一切时,他就越可能误入

歧途。"(阿诺德·霍伯睿肯①,1719年)

想想看,今天我们的想法就像这位因循守旧的传记作者一样,略有不同的是:画家们可以凝视女人的裸体。但在写作中,这还不是完全被允许的。

写作与绘画的共同点是什么?

对忠实的关注。忠实于存在的事物。所有存在的事物。忠实意味着对看似美丽和看似丑陋的事物的同等尊重。我所强调的是:看似。

但在画笔之下,在注视之下,在尊重的光芒下,没有哪种丑陋在我们看来不是美。

绘画中不存在丑。

不美意味着真实。真实才是……我不想用"美"这个词。如果以尊重的态度看待丑,不憎恨,不厌恶,丑与"美"就是等同的。不美也是美。

或者说,没有比丑更美的了。在绘画和写作中,除了忠实于现实之外,没有其他的"美"。绘画会渲染,但它渲染的是公正。一切事物:大教堂、草垛、向

---

① 阿诺德·霍伯睿肯(A. Houbraken, 1660—1719),荷兰画家、作家。这段引文出自他的著作:*Rembrandt et son oeuvre*(《伦勃朗和他的时代》)。

日葵、害虫、农民、椅子、被屠宰的牛、被剥皮的人、蟑螂。

因为一切被爱的事物,一切受到恩典的事物,都等同于"美"。一切我们无法拒绝的事物。

是我们决定了这是美,那是丑。我们带着自己的品位和自私的厌恶。

但对于上帝和画家来说,一切都是平等的。绘画经常会给诗人上这一课。以平等之爱去爱丑陋。

一切存在(正确地看)都是好的。打动人心的。也是"可怕的"。生活是可怕的。可怕的美妙,可怕的残酷。如果能够正确看待事物,一切都会变得可怕而美妙。

> 我疯狂地工作,每天画六幅画。我感到非常糟糕,因为我无法完全掌握这个地方的色调。有时,我对自己应该使用的色调感到震惊;我害怕自己的作品糟糕透顶,但我确实很差劲:光线太糟糕了……在这里,幸福在于每天都能找回相同的效果,追寻这种效果,并与它抗争……[1]

---

[1] 出自莫奈写给艾丽丝·奥施德的信。

这是莫奈。

看清世界的本质需要力量和美德。什么样的美德？耐心和勇气。

需要耐心去接近那些不可见的、无限小的、微不足道的东西。去发现虫子其实是一颗不发光的星星。去发现蚱蜢的价值。

看清一颗鸡蛋，需要耐心。第一眼看去让我们厌烦的鸡蛋就像一块石头。观察鸡蛋需要耐心，孵化鸡蛋需要耐心，看到鸡蛋里面的母鸡需要耐心，看到蛋壳里面的世界历史需要耐心。看到绝对的蛋，没有母鸡的蛋，没有特征的蛋，赤裸裸的蛋，作为蛋本身的蛋，需要另一种耐心。正是有了这种耐心，我们才有希望看到上帝。

那么，勇气呢？

勇气是最可贵的。敢于恐惧的勇气。有两种恐惧。首先，要有害怕受伤的勇气。不必为自己辩护。世界就是用来忍受的。唯有经历苦难，才会了解世界的某些面孔，生命中的某些事件；才会有勇气去颤抖、去流汗、去哭泣。伦勃朗需要这种勇气，热内也需要。克拉丽丝·李斯佩克朵同样需要勇气，对截肢的乞丐产生厌恶和爱，对残肢产生厌恶和爱，对老鼠产生恐惧——这也是对老鼠的接受。对于写作者来说，开始接受老鼠，比之前已经接受老鼠并描绘了老鼠的人需要付出更多的努力。写作者很可能会把自己的眼睛蒙起来。

还有另一种恐惧，它不那么明显，却更加热烈：对获得快乐、强烈的快乐所怀有的恐惧，对被赞美冲昏头脑所怀有的恐惧，以及对崇拜的恐惧。我们不能害怕感受到这种恐惧，这种让我们的血液在血管中燃烧的恐惧。

我说的是向我们展现的东西，是世界的奇观。不对事物划分等级，这一点画家比作家更容易做到。

也许绘画比写作更容易让人记住一只乌龟。写作非常符合人的本性。语言也许更让人感到害怕和痛苦？……我不知道……

我们可以用语言表达快乐。也可以画出来吗？……

让我们再谈谈忠诚。

也许最罕见的忠诚、最高尚的忠诚就是我们对人类灵魂现实的忠诚。不仇恨是多么困难！不成为他人的狼。向叛徒、恶棍、刽子手所投射的目光，一如伦勃朗向那些爱他的人、背叛他的人所投射的温柔而宁静的目光,这是多么困难。伦勃朗也许就是莎士比亚?我想了想,觉得并不合理。事实上,梵高在我之前就想过了。

    我已经读过《理查二世》《亨利四世》和半部《亨利五世》。我在阅读时并没有考虑当时人的思想与我们的思想是否相同,也没有考虑当我们让他们面对共和主义、社会主义等信仰时,他们会如何。但其中触动我的地方,就像我们这个时代的某些小说一样,是人物的声音,这些莎士比亚作品中的人物从几个世纪之外向我们走来,却并不使我们感到陌生。他们如此鲜活,以至于我们以为自己认识他们,看到了他们。

    在画家当中,只有或几乎只有伦勃朗做到了这一点,让我们在众生眼中看到了柔情,在《以马忤斯的朝圣者》(*Pèlerins d' Emmaüs*)或《犹太新娘》(*Fiancée juive*)中,在你有幸看到的某幅画里奇特的天使形象中——那种令人心碎的柔情,那种微微显露的超越人类的无限性,一切表现得如此自然,我们能在莎士比亚作品的很多地方找到。然后是肖像画，或严肃，或愉悦，比如《希克斯》(*Six*)和《旅行者*》(Voyageur*)，比如《萨斯基亚》(*Saskia*)，最重要的是，它们充满了……①

这是梵高在去世前不久写下的。

像莎士比亚忠实于麦克白夫人、李尔王和夏洛克②一样。

创作，不评论、不审判、不解释。

尊重黑暗，就像尊重光明。不需要知道得更多或更好。

我羡慕画家：画家比作家更容易保持谦逊，也就是目光的准确性；因为画家总是被打败。他总是跟跟跄跄地从那场将他抛向世界的战斗中走出来。他的面前不总是摆着他尚未完成的画作吗？第二十七座大教堂提醒他，他总会错过一座大教堂？

他的眼前难道没有那幅尚未完成的，从他画笔之下移开的画作吗？难道没有明天要画的那幅画

---

① 出自《梵高书信全集》。
② 分别是莎士比亚戏剧《麦克白》(*Macbeth*)、《李尔王》(*King Lear*)、《威尼斯商人》(*The Merchant of Venice*)中的人物。

吗——如果明天上帝默许,或永不会画出?

有些画家对我来说是寻找真相的旅行者。他们教了我很多。

我把谁称为寻找真相的旅行者呢?

那个在生命最后十年一直画睡莲的人。那个直到最后一幅画一直在画睡莲的人。直到死亡降临。他说:"我想永远面朝大海或站在波涛之巅,在我死后,我想被埋进浮标。"这就是莫奈的愿望,变成一只海鸥,一朵睡莲。

那个画了一百幅富士山的人。那个在中国地图上签名的人:"画狂老人卍,来自葛饰区的旅行家,八十一岁。"①

直到最后一幅画都在寻找的人。

用右手、左手、指甲作画的人。这就是葛饰北斋。

知道自己找不到的人——因为他明白,即使找到了,他所要做的也是继续寻找新的奥秘。他是知

---

① 在日本的江户时代,出国旅行是不被允许的。葛饰北斋在八十一岁时,画出了想象中的中国地图。

道自己必须继续寻找的人。

从不气馁,不知疲倦的人。

我喜欢这样的人,他敢于只用一个主题,只用几朵睡莲,去追寻光的秘密。

他给我的启示是:画画不是画想法,不是画"一个主题"。不是画睡莲。同样,也不要写想法。没有主题。只有秘密。只有问题。

康定斯基①看到了草垛:

> 忽然,我觉得这是我生平第一次看到绘画……我隐约觉得,画中缺少了物体……以前我认为物体是画中不可或缺的元素,现在我不这么想了……

通过画睡莲不再"画睡莲"是多么困难的一件事。我的意思是:为了不再画睡莲的样子,他不得不画那么多睡莲,直到睡莲的表象消磨殆尽,直到睡莲不再是原因,不再是对象、目的,而是场合,每天的睡

---

① 康定斯基(Kandinsky,1866—1944),俄罗斯画家、美术理论家。

莲,当天的睡莲,画布上的一个微粒。

直到它们不再是睡莲,而是葛饰北斋每天画的狮子:1843 年,八十三岁高龄的葛饰北斋对自己说,是时候画他的狮子了,每天早上,他都要画他的狮子,"我还要继续画,希望今天安安静静",就这样,他画了二百一十九幅狮子,直到它们不再是狮子,就像通往无限的睡莲之路。

我多么喜欢这位画家,他敢于一次又一次地画自己。直到第一百幅"自画像",他终于可以描绘自己,不受情感的左右,却前所未有地表现出人性,赤裸裸的人性。直到人们不再认为:这是伦勃朗的自画像。直到第一百幅肖像画中,伦勃朗的名字已经残破不堪,无法再自我掩饰。这个人就是他原本的样子。他老态龙钟,心神不宁,充满了岁月、时间和死亡的神秘感。这一切,他没有刻意说出,或许,他自己也不知道。

  第二次世界大战期间,我在英国,身无分文,满面愁容。我的妻子比我年轻,比我勇敢,她说:"我们去博物馆寻求慰藉吧。"地球上废墟堆积如山。不仅伦敦遭到轰炸——即便这没有太大的影响——每天,我们都得知又有一座新的城市遭到袭击。毁灭、破坏:世界正在被摧毁,日益贫穷、悲惨的世界。这是怎样的痛苦!我看着伦勃朗的最后一幅自画像:丑陋而衰弱,可怕而绝望,但画得无比精美。我突然明白了:能够看着自己在镜中消失——直到什么也看不见——并把自己画成"虚无",画成对人的否定。这真是一个奇迹,一个象征。它给了我勇气和新的青春。

这就是科柯施卡①。

伦勃朗耗费了多少耐心、多少时间才使自己不再像伦勃朗,不再紧紧抓住伦勃朗不放,而是让自己一点点转变,不再害怕,直至与某个人相像,直至不再像任何人。

对绘画的爱胜过了对自己的爱!为了完成一幅肖像画,他宁愿让自己被观看、被描绘,他放弃自己,献身于绘画。就像其他人把自己献给上帝一样,他把自己献给了绘画。就像为科学献身的死者,以便

---

① 科柯施卡(Kokoschka,1886—1980),奥地利剧作家、画家。

让它在自己的身体上前进。

伦勃朗也许梦想着为自己画最后一幅肖像？只有在生命的最后时刻才能完成的自画像？我也有这样的梦想。

伦勃朗临终前的自画像？正是在那一刻，他洞悉了人类匿名的、在场的、最直接、最短暂、最本质、最神秘的一面。濒临死亡或死亡，意味着彻底摆脱了伦勃朗的其他画作，由此，他画出了绘画本身。再没有人能这样作画。

我梦想这种纯粹。我梦想这种自由的力量。画出未解之谜。绘画之谜。我想到了最后的伦勃朗。是人？还是画？我想到了最后的葛饰北斋，画出最后一幅葛饰北斋的时候，他叫什么名字？

我想到了葛饰北斋的一系列名字，想到了一系列的睡莲。葛饰北斋有过一百零一个名字。一开始，他叫春郎。后来，他与画派发生冲突，就取名为群马亭。1795年，他给自己取名为宗理。"宗理改北斋画"，意思是北极星画室，真理之源，他还叫过戴斗、为一、前北斋、画狂人、北斋，之后是俵屋宗理、百琳宗理、完知宗理。

后来，他把宗理这个名字给了他的学生。为自己起名为辰政、时太郎、前北斋、葛饰戴斗先生、前北斋为一画狂老人卍。所有这些名字都有含义。没有一个是葛饰北斋。

不回返地继续下去。一个接一个地舍弃。

永远身在未来。成为下一个。即将到来的。即将到来的自己。未知的自己。超越自己。但不走在前面。忘记自己。在文字中。在线条中。放弃自己的名字。自己的签名。全身心地重新发现。

那么,从长远来看,这一切又算得了什么呢?最终又能得到什么?

一种可能令人疯狂的纯粹。

事实是可以讲述的。也可以创造。讲述比创造更难。创造很容易。

但最难的是忠实于自己的感受,在生命的尽头,在神经的末端,靠近心灵的地方。

这一切是言语无法表达的。我们所感受到的,言语无法表达。灵魂的真相,言语无法表达。我们眼中有泪。我们可以影射神灵。但所谓神灵,只是一个托辞。

语言是我们的同谋,我们的叛徒,我们的盟友。我们必须利用它们,监视它们,净化它们。

这是哲学家和诗人的梦想。词语让我们疯狂。"一个词重复多了,它就失去了意义,变得空洞、多余,并获得了属于自己的神秘而坚硬的躯体。"[1]

克拉丽丝开玩笑说:精神,精神,精神。最终,精神飞走了。说到底,精神到底是什么?

"这个词像飞翔的小鸟一样闪耀、勇敢。有时,重复的词语变成了干瘪的橘皮,发不出回响。"[2]

在两百一十九头狮子之后会发生什么?在一万或十万朵睡莲之后又会发生什么?

我要求获得重复一个词语的权利,直到它变成干瘪的橘皮,或变成香水。我想一直重复"我爱你",直到它变成一种精神。

但对于写作的人来说,重复很难被接受。画家有重复的权利,直到睡莲变成神灵的小鸟。

练习让自己沉浸在睡莲中。

也许最终会成为神的肖像,或葛饰北斋所画的神的自画像。

当葛饰北斋描绘富士山百景时,他说:

---

[1] 出自克拉丽丝·李斯佩克朵的手记。
[2] 同上。

我从六岁起就喜欢描摹事物的形态。到五十岁时,我已经发表了大量画作,但我七十岁之前的作品都不值一提。七十三岁时,我才大致领悟了自然的真谛,了解了鸟兽鱼虫、花木草本的构造。

因此,到了八十岁,我将取得更大的进步;九十岁时,我将洞悉事物的奥秘;一百岁时,我终将达到精湛的技艺;等到一百一十岁的时候,在我的笔下,无论是一个点,还是一条线,都将是有生命的。

请那些寿命与我相仿的人帮我见证,看我是否信守诺言。

写于七十五岁,曾经的葛饰北斋,现在的画狂老人。

这段话的确饱含期望。它给了我很多希望,我告诉自己,当我一百一十岁的时候,也能写出一本了不起的书。

绘画和写作意味着绝对的希望,我们可以称之为:向日葵式的生活。借用梵高的画或克拉丽丝·李斯佩克朵的一句话:"几乎所有的生命都是渺小的。能够使生命变得广袤的,是人的内心,是思想,是感觉,是无用的希望……希望就像向日葵,总是不自觉地朝向太阳的方向。不自觉,却并非盲目。"

能够使生命变得广袤的,是不可能成真的梦想,是无法实现的愿望。或者说,是那些尚未完成的心愿。这些希望和欲望如此强烈,以至于我们有时会感到失落,当我们失落时,会发现,我们又一次转向了遥不可及的太阳。那么,为什么花会有香气,它又不是为了某个人,某件事……

如同希望。希望所憧憬的是希望本身。

画家呢?他作画,从希望到希望。在这两者之间,有绝望吗?非-希望。希望-之间。事实上,希望会立刻重现。我喜欢画家的不满,这一切令人惊叹:莫奈愤怒地烧毁了三十幅画。烧毁了"过分雕琢"的画。

在我们看来,这些画是"美的"。在他看来,它们是障碍,横亘在通往最后一幅画的道路上。

他的不满就是希望。对不可能的希望。再一次转向太阳意味着一种信仰。

描写太阳就像临摹空气一样不可能。这就是我想做的。

当我完成我的作品,当我一百一十岁的时候,我所做的一切就是尝试为上帝画一幅肖像。关于上帝。关于让我们捉摸不透又让我们感到赞叹的事物。关于我们不了解但能够感受到的事物。使我们活着的理由。我指的是我们自身的神性,笨拙的、扭曲的、悸动的神性,以及我们的秘密——我们是大地之主却不自知,我们是干草垛上朱砂和镉黄的笔触却对其视而不见,我们是这个世界的眼睛却对它熟视无睹。只要我们愿意,我们可以成为画家、诗人、生活的艺术家;只要我们愿意使用我们宽厚的双手,只要我们经常用穿着长靴的双脚踏入世界的腹地,我们就可以成为宇宙的情人。

我们是一缕缕阳光、一滴滴海水、一个个神明的粒子,我们常常忘记或忽视这一点,以为自己只是受雇于人。我们忘记了,我们可以像燕子一样明媚、轻盈,掠过无与伦比的富士山顶,忘记了我们同样可以光芒四射,成为画家的模特,成为人类在场的英雄,留住画家的目光。但是,我们忘记的,画家没有忘记,他们身处变化之中却每天都能看到上帝⋯⋯

我与我所爱的画家有什么不同?不同在于:我

爱苹果的内在,也爱苹果的外在。

    今天,德·贝利奥先生给我送来了一个苹果,无论大小还是颜色都让人赞叹:他说,我在橘树丛中,有时候一定想咬一口美味的苹果,所以他很乐意这么做。
    我没敢咬,就把它送给了莫雷诺先生……①

这是莫奈。

如果是我,我会吃掉它的。在这一点上,我与那些我想成为的人不同。我需要触摸苹果而不去看它。在黑暗中了解它。用我的手指,我的双唇,我的舌头。

我需要与你分享菜肴、面包、文字、画过和没画过的菜肴。

我需要用右手握笔和写作,需要我的两只手什么都不握,以便抚摸和祈祷。

我即将写完……

我的附言是——葛饰北斋的地址。万一我们到

---

① 出自莫奈写给艾丽丝·奥施德的信。

了一百一十岁还在找他,那么,我们就去这里:

> 你们来的时候,不要找葛饰北斋,否则,人们无法回答,你们去问主人,就说找最近搬来的画画的僧人,寺院灌木丛中的流浪僧人……

待到我九十岁的时候,是否也能荣幸地拥有这样的地址……

此前未曾发表,1983